ראַסיסם אין מאָדערן אמעריקאנער געזעלשאַפט

現代アメリカ社会のレイシズム

Racism in Present-Day American Society

ユダヤ人と非ユダヤ人の確執・協力

広瀬佳司　伊達雅彦 編著

—Feuds and Moments of Reconciliation between Jews and non-Jews

彩 流 社

まえがき

近年アメリカ社会で「ブラック・ライブズ・マター（BLM: Black Lives Matter）」を掲げ各地で暴動が起きている。文学者も現代社会の問題に様々な反応を示している。そこで今回は、「レイシズム（民族差別）」をテーマに取り上げた。レイシズムこそが、戦前のヨーロッパ社会で起きたユダヤ人迫害、ホロコーストの発端である。それは、アメリカにおける、アジア系やアフリカ系を代表とするマイノリティへの差別問題にも通底している。また、レイシズムの問題は、ワスプ（白人イギリス系プロテスタント）社会アメリカの歴史でもある。

現代作家ジョナサン・サフラン・フォア（Jonathan Safran Foer 一九七七–）が『ものすごくうるさくて、ありえないほど近い』（*Extremely Loud & Incredibly Close* 二〇〇五年）の中で「二〇〇一年九月十一日に発生した同時多発テロ」やホロコーストと「広島・長崎原爆」に重なるイメージがあることを指摘している。そのように想像をめぐらすと、現代のユダヤ系作家のテーマは、幅広い差別問題と密接に関係している。どの社会にも差別問題は存在し、類似点も多い。とはいうものの、あまりにも守備範囲を広げると、本としての専門性もまとまりも失われかねない。今回、「現代アメリカ社会」と限定した理由は、あくまでも我々の専門分野のユダヤ系アメリカ文学に軸足を置くことで、アメリカ社会に焦点を絞るためである。

現代アメリカ社会において、ユダヤ系はマイノリティであるが、あらゆる分野において影響力が絶大である。ノーベル文学賞だけを例にとっても、一九七六年のソール・ベロー、一九七八年のアイザック・バシェヴィス・シンガー、一九八七年のヨシフ・ブロツキー、二〇一六年のボブ・ディラン、二〇二〇年のルイーズ・グリュックと、アメリカのノーベル文学賞作家合計十二名うち五名がユダヤ系作家である。米国全人口比率の二パーセントに過ぎないユダヤ人が、四割を超える受賞者数を占めている。そのうえ、本書でも扱う、高名なホロコースト生存者作家エリ・ヴィーゼルも、一九八六年にノーベル平和賞を授与されている。ユダヤ系アメリカ人の活躍は驚くべきものだ。そうした、瞠目《どうもく》に値するユダヤ人移民やその子孫の躍進が、逆に白人・黒人社会から反感を買う理由にもなっている。この辺の事情も念頭に置き、簡単には解決のできないレイシズムを本書では多角的な視点から、ユダヤ系作品を通して注意深く分析した。日本のアメリカ文学者としてアメリカ社会のレイシズム理解や解決方法に一石を投じることで、文学の力を読者に感じていただければ執筆者としてこの上ない喜びである。

第一章ではエリ・ヴィーゼルの晩年の作品『ゾンダーバーグ裁判』に広瀬佳司が注目する。アメリカでの成功を夢見るドイツ人青年の前に祖父が現れ、「ホロコースト時に多くのユダヤ人を惨殺した」ことを告白する。その「過去の悪夢」が原因で悲劇的な事件が起きてしまう。対照的に、ホロコースト生存者の子供であると信じていたユダヤ人ジャーナリストの主人公は、実は記憶もない幼少時に、キリスト教徒に救助された生存者だった。主人公はニューヨークの裁判所で被告席に立つそのドイツ人青年と偶然出会うことになる。二人は対照的な過去の影に怯えながらも、お互いの立場を理解し共感していく。ヴィーゼルの訴える共感を、ユダヤ人哲学者エマニュエル・レヴィナスの〈他者性〉を援用して考察する。

第二章では佐川和茂が、ソール・ベローの傑作『犠牲者』をレイシズムの観点から分析する。ユダヤ系のレヴェンサルと、ワスプの名門出であるというオールビーが対立の果てに犠牲者で終わるのではなく、それぞれが人生の修復に向かってゆくことは、ユダヤ教が説く修復の思想を反映しているのだろう。この修復の哲学を通して差別や迫害が和《やわ》らぎ、多様性が花開き、持続する豊かな社会が発展する可能性を佐川はこの作品に見出しているのだ。

第三章ではレイシズムとの葛藤の末に生み出されたベローの『オーギー・マーチの冒険』を井上亜紗が取り上げ、差別を乗り越えようとする作家の試みを吟味する。主人公のオーギーはユダヤ系住民の少ない地域に育ち、友だちから差別され迫害を受けたにもかかわらず、他者との対立を避け、しなやかにレイシズムをかわしていく。痛みをもつ者たちに囲まれ、「ケアする者」と「ケアされる者」の対立関係から解放される主人公に井上は着目し、レイシズム解決のヒントを提示しようと試みている。

第四章では鈴木久博が、アーサー・ミラーの『焦点』を取り上げる。この作品は第二次世界大戦終焉間近のニューヨークのワスプ社会が舞台だ。そこではユダヤ人をカテゴリー化し、忌み嫌う風潮があった。主人公も非ユダヤ人で、社会に蔓延《まんえん》するユダヤ人に対する差別意識を共有していた。しかし、些細なことでユダヤ人と間違えられ、主人公自身が差別を受け始める。様々な不当な扱いを受け、彼は次第に、外見や人種で人を評価するカテゴリー化の問題点を認識する。最終的には人種の枠を超えて人の真価を評価することを学び、反ユダヤ主義者に対し、人間の尊厳をかけて立ち上がる。

第五章では、レイシズムを直接のテーマにすることは稀《まれ》であったフィリップ・ロスについて、坂野明子は彼のデビュー作『グッバイ、コロンバス』でロスがマイノリティ差別を糾弾する姿勢に注目している。表題作で図書館員である主人公は、ゴーギャンの画集に夢中の黒人少年を、差別的態度を見せる他の図書館員から守ろうとした。ただ、それは優等生的リベラリズム以上のものではなく、マラマッドが『テナント』で描きだしたような、ユダヤ系作家と作家志望の黒人青年との確執とは無縁だったと言えるだろう。しかし、七〇年代以降、ホロコーストやイスラエルの状況が視野に入るにつれ、ロス作品にもレイシズムへの意識が高まってくることを坂野は指摘している。

第六章で、杉澤伶維子は同じくロスを論じている。彼の「アメリカ三部作」では、産業都市ニューアークが経験した白人の脱出と黒人の増加、貧困、犯罪、暴動、荒廃などが描かれている。成功して黒人に背を向けるユダヤ系、黒人への不正義に憤《いきどお》り公民的美徳を遂行するユダヤ系、ユダヤ系にパッシングして成功した人生を歩む黒人。それぞれの人生を人種という観点から考察することで、ロスの従来のテーマである、個人を抑圧する集団として人種がとらえられていると結論している。

第七章では、ユダヤ系三世のポール・オースターの小説『ミスター・ヴァーティゴ』と、彼が脚本を担当した映画『スモーク』を内山加奈枝が取り上げる。オースターは、自らの出自を認識した子供時代から、迫害や差別の対象となってきたアメリカ先住民や黒人に対する共感を持ち続けた。『ミスター・ヴァーティゴ』と『スモーク』では、異人種への差別や暴力を回避し、〈他者〉と共生する可能性を探求している。両作品は、孤児が父親を発見し、子のない父が子を見出す物語であるが、父子を結ぶのは血縁ではなく「贈与」の関係なのだ。エマニュエル・レヴィナスの思想を援用し、オースターの描く「贈与」の関係性にユダヤ的思想を見出す。

第八章では大森夕夏が、ユダヤ教に改宗したアフリカ系アメリカ人ジュリアス・レスターの自伝を中心に取り上げ、彼が巻き込まれた反ユダヤ主義論争を通して、一九六〇年代から八〇年代にかけての黒人とユダヤ人の緊張状態と、レスターの関わりについて論じる。黒人とユダヤ人の対立から直接影響を受けた作家レスターであったが、彼が容認できなかったのは、ステレオタイプに基づいて他者を非難し排除することであった。また、同様に自己の可能性を否定し、責任を回避するような姿勢に反発を感じた。黒人とユダヤ人双方の痛みと孤独を感じるレスターが、祈りと芸術に人類普遍の価値を見出していく様が明らかにされる。

第九章では、スパイク・リー監督の映画『ブラック・クランズマン』において原作と異なり、黒人刑事ロンの相棒がユダヤ人に変更されている点に着目し、それが生み出す波及効果について中村善雄が検証している。具体的にはＫＫＫ潜入捜査によるユダヤ人刑事の民族的アイデンティティの目覚め、「グランドウィザード」たるデイヴィッド・デュークの反ユダヤ主義的傾向、ＫＫＫのレイシズムに対する黒人とユダヤ人の連携、並びにその連携を脱臼させる「間《あい》の子《こ》」としてのユダヤ人の両義性。さらには「ユナイト・ザ・ライト」のネオナチ的性質とデュークの影響などを分析し、ユダヤ人刑事の登場によってリー監督が意図したユダヤ人差別のサブストーリーと、人種問題の複雑性を解明している。

第一〇章では多民族国家アメリカの映画における、エスニシティに配慮されて製作される映画に着目し、伊達雅彦が鋭く切り込む。典型的なのが白人と黒人の組み合わせで主人公が設定されているケースだ。しかし、アメリカ映画の中には、ユダヤ系とアイルランド系の組み合わせで主要人物が配されているケースも散見される。ユダヤ系とアイルランド系は、ユダヤ教とアイリッシュ・カトリックという宗教的な対立や、アメリカに移民した時期の問題から一般的には友好的な関係とは見なされていない。どのような映画でユダヤ系とアイルランド系の組み合わせが決められているのかを検証し、なぜそのような設定がなされたのかという疑問に鋭く迫るのが伊達の論である。

以上のように、アメリカのユダヤ系作家を中心に、これまでにあまり扱われていない作家や作品も取り上げて、様々な視点から現代アメリカ社会のレイシズムを考察する。ユダヤ系作家の中には、ホロコーストや様々な差別や暴力を直接的に経験し、レイシズムに対し激しい憤りを抱く作家が少なくない。ユダヤ人は差別への反対運動で中心的な役割を演じてきた。人種差別だけではなく、歴史的にフェミニズム運動でも先導的な仕事を果たしてきたのもユダヤ系アメリカ人である。大森夕夏の論で、ジュリアス・レスターが指摘するように「ステレオタイプに基づいて他者を非難し排除する」態度を改めない限り、アメリカ社会のレイシズムが消えることはないだろうし、それはアメリカ社会だけではなく、どの社会においても当てはまることであろう。他者への尊厳（他者性）を失えば、マルティン・ブーバーが主張するように、自己の潜在力を矮小化してしまうことに誰もが気づくべきである。読者の皆さんが本書を通して、アメリカのユダヤ系作家の発する警告に耳を傾けてくださることを切に願う。

現代アメリカ社会のレイシズム——目次

第一章　エリ・ヴィーゼル『ゾンダーバーグ裁判』：〈他者性〉を求めて
——現代米国の「ユダヤ人」と「ドイツ人」の敵対から共感へ

広瀬佳司

1　序

「事実は小説より奇なり」とはよく言ったものだ。もし、自分の祖父が何千人もの人間を、虫けらのように殺戮した人物であったとしたら、その衝撃は計り知れない。スティーヴン・スピルバーグ（Steven Spielberg）監督映画『シンドラーのリスト』（*Schindler's List* 一九九三）で、強制収容所のユダヤ人を、ライフルでゲームさながら撃ち殺したナチス親衛隊将校アーモン・レオポルト・ゲート（Amon Leopold Göth 一九〇八–四六）の姿は、正《まさ》に狂人として描かれている。ゲートが実在した人物であったとは考えにくいほどである。しかし、このナチスの将校が自分の祖父であったことを、図書館の本の中で偶然発見したのが、ジェニファー・ティーゲ（Jennifer Teege）その人である。彼女は、実母に捨てられ孤児院で育ち、それから優しい養父母に引き取られ、幸せな人生を送ってきた。三十八歳になるまで、自分の出自に関する情報は全く知らされなかった。ジェニファーは、「恐ろしい事実を知った時の衝撃は、言葉に表わせない出来事であった」（Teege 一〇）と記している。ドイツ人の実母が、黒人であるナイジェリア人男性と結婚し、ジェニファーは黒人としてドイツに生まれた。その結果だろうが、彼女の自伝にはショッキングなタイトル『祖父は私を銃殺したであろう』（*My Grandfather Would Have Shot Me* 二〇一五）が付けられた。黒人であるばかりでなく、運命のいたずらか、ジェニファーはイスラエルに長年留学しヘブライ語が堪能で、ユダヤ人の友人も多いという事実がこのタイトルに繋がったのだろう。

ジェニファー・ティーゲの人生と驚くほど類似したテーマを、彼女の作品が出版される五年前にノーベル平和賞受賞作家エリ・ヴィーゼル（Elie Wiesel 一九二八―二〇一六）が著《あら》わしている。ホロコーストという特殊な歴史を通して、異民族間の障壁をいかに取り除けるのかを具体的に描いた物語、それが、アメリカを舞台にした『ゾンダーバーグ裁判』（*The Sonderberg Case* 二〇一〇）なのだ。ユダヤ人の主人公がまだ幼児であった時に、その命を、自己犠牲を厭《いと》わず救済した小市民のキリスト教女性の行ないは注目に値する。正に、「一人の人間を救うものは全世界を救う」（タルムード）である。この女性を通して、エマニュエル・レヴィナス（Emmanuel Lévinas 一九〇六―九五）の言う〈他者性〉、他者への尊厳の重要性が読み取れる。〈他者性〉復活こそが、アメリカのレイシズム解決の糸口になるであろう。そこで、ヴィーゼルが提示する「ホロコースト」の現代的な意味を考察したい。

2　ニューヨーク裁判所での不思議な邂逅

『ゾンダーバーグ裁判』でヴィーゼルが描く二人の主人公は、戦後およそ半世紀を経たニューヨークに住みながらも「過去の陰」に怯えているユダヤ人とドイツ人青年である。対照的な背景を持つ青年が、偶然に出会ってしまうことから物語が始まる。最初の主人公イェディディア・ヴァッサーマン（Yedidyah Wasserman）は、ニューヨーク市に住むユダヤ人演劇評論家であり、その妻は舞台俳優であった。彼は二人の息子の父親でもある。過去を知らされていない孤児であったせいか、判然としない理由から、妙にユダヤ人としての自分の過去に心が囚《とら》われている。小説の後半でその原因が徐々に解明されていく。

二人目の主人公は、凶悪なナチス党員であったドイツ人男性の孫であることが判明する、ヴェルナー・ゾンダーバーク（Werner Sonderberg）というドイツ人青年である。

ヴィーゼルは、この作品を通して二人の対立構造を巧みに描き、二人の異常な心理を絶妙に描き出している。二人の主人公それぞれが、お互いの鏡になることで、それぞれの独特な時代背景や、置かれた立場の相違が鮮明化されていく。このような作品構造はヴィーゼルの作品では他に類がなく、一般の文学においても非常に稀なものである。アウシュヴィッツ収容所で、ホロコーストを奇跡的に生き抜いたヴィーゼルにしか許されない素材なのかもしれない。この作品では、ヴィーゼルが最後に至った究極的な異人種間の関係修復を、ニューヨークを舞台に試みている。

ヴィーゼルは、この小説を通して二人の主人公が互いを自らの鏡像とすることで、二人の運命を際立たせている。つまり、ヴェルナーはイェディィアの鏡像であり、イェディィアはヴェルナーを引き立てる鏡像になっている。こうしたミラー効果を利用して二人の対照的な歴史背景を抽出しているのだ。

ホロコーストから二世代離れた一人のドイツ人青年と、生存者の一人であったもう一人の主人公であるユダヤ人青年とを鏡像関係に描き、ユダヤ人側からだけではなく、加害者のドイツ人側からの視点にも注目し、ホロコーストという歴史の全体像に新たな視点から迫っている。これまでのヴィーゼルの作品では、あくまでもホロコーストの犠牲者側からしか描かれなかった苦悩に、敷衍《ふえん》的《てき》な観点から光を当てたのだ。ノーベル平和賞を受賞した作家の使命をこの作品で果たした、と言えるかもしれない。ヴィーゼルと同じように、ホロコーストにより人生を大きく変えられた二人のユダヤ人哲学者、エマニュエル・レヴィナスの、他者への敬意を表わす〈他者性〉や、マルティン・ブーバー（Martin Buber 一八七八－一九六五）が説く、他者尊厳を表現する〈我と汝《なんじ》〉の想像的人間関係を、ヴィーゼルは彼独自の文学世界で表現している。

ゾンダーバーグが殺人容疑者として逮捕され、裁判にかけられる。「モーニングポスト」紙の編集長は、演劇評論家であるイェディディアを、レポーターとしてその裁判の傍聴席に送った。担当記者がたまたま不在であっただけでなく、非常に興味深い裁判であると判断したからである。

この仕事の前からイェディディアは、自らの出自に漠然とした不安を抱いていたが、この段階では、その理由が何かは読者には明示されない。ヴィーゼル自身はホロコーストの体験者であるが、その生存者を父として持つヴィーゼルの息子エリシャ（Elisha）は、父の記憶の底にある恐怖を想像することしかできない。ヴィーゼルは、息子の漠とした不安を、この作品の主人公イェディディアに投影していたのかもしれない。

最終的には、ホロコースト生存者の二世であると信じていたイェディディアは、彼自身がホロコースト生存者であるという事実に辿り着く。収容所に入れられた時期にすでに十三歳の少年であったエリ・ヴィーゼルと、この主人公の根本的な相違点は、イェディディアがポーランド人女性に救われて命拾いするが、まだ幼児であった主人公には、その当時の記憶が全くないことだ。しかし、その意識化できない経験は、彼の潜在意識の中に残されていた。イェディディアは、自分の失われた過去の記憶がないために、自分自身がなぜ苦しんでいるのか、何に怯えているのかも判然としない。ホロコーストの記憶を何とか取り戻そうと努力するのが、若い演劇評論家イェディディアであった。過去の記憶を取り戻すことで、自己実現を図《はか》ろうとするのだ。そんな彼が、ゾンダーバーグ裁判を傍聴して不思議な光景を目にする。

被告席に座っているヴェルナーは、あたかも彼自身とは関係のない裁判でもあるかのように、無関心を装っていたのだ。ヴェルナーは、ドイツ生まれの二十四歳のドイツ人青年である。フランクフルト近郊の街で生まれ、フランスに留学した後に、ニューヨーク大学で比較文学と哲学で修士号を取得し、アメリカでの成功を夢見る青年であったのだ。ところが、思いがけず、今まで聞いたこともない親戚が彼の前に現れ、ヴェルナーの成功の夢は打ち砕かれてしまう。

ある日、突然姿を現した親戚のハンス・ドゥンケルマン（Hans Dunkelman）とヴェルナーはアディロンダック山へハイキングに出かけるが、その後、地元の警察が、崖の麓《ふもと》でハンスの死体を発見する。「二日後、ヴェルナー・ゾンダーバーグは逮捕され、殺人罪で起訴された」（六九）。ヴェルナーは「何か別の事に夢中になっているようで」（七八）、彼自身の裁判には全く関心を示していない様子だ。そんな彼の姿を見ていると、イェディディアには、劇場で演劇の一場面を見ているように思えた。

ヴェルナーは、まるで彼自身の過去を消し去ることを望んでいるかのように見えた。そのために、彼の現在形の意識も定まらなくなる。そのドイツ青年を見る演劇評論家イェディディアもまた現実から離れ、法廷を劇場に見立てているところが興味深い。二人の主人公は、お互いに判然としない過去の記憶に怯えているようでもある。ヴィーゼルは、ホロコーストという現実を生身の体を通して経験したのだが、それは生存者でなければ想像しがたい経験であることが、二人の主人公を通して表現されている。

3　キリスト教徒のユダヤ人救助者に見る〈他者性〉

ゾンダーバーグ裁判についての記事を書き、イェディディアはオフィスでも評価が上がる。しかし、文化面の秘書が彼に興味を示し尋ねる。

「なぜ、あなたはいつもそんなに自分の世界に閉じこもり、世界の美しさに鈍感なままでいられるのでしょうか?　素朴な喜びを受け入れようとしないのかしら?」（九九）

それまでイェディディアは知らされていなかったのだが、彼が祖父だと信じていたラビ・ペタヒア（Rabbi Petahia）は、幼児のイェディディアを引き取り育ててくれた養父であった。そして驚くべき真実を知ることになる。自分はホロコースト生存者の子供だと思っていたが、そうではなく、彼自身が生存者であることが分かったのだ。イェディディアは、中央ヨーロッパのダヴァロヴスク（Davarovsk）という町で生まれた。父親は織物業者をしていて、母は専業主婦で、十歳と幼児の二人の息子を育てていた。

ある時イェディディアは、マンハッタンのイディッシュ語劇場で会った老人が、同じダヴァロヴスク町の出身だと聞いて、彼の記憶には何も残っていない両親について尋ねてみた。すると、ヴァッサーマンという父の姓をよく知っていて、とても実直で大人しい人物であったことを教えてくれた。その老人の話によると、母親はとても美しい女性であったという。

それにしても不思議なことだが、幼い子供のイェディディアが、どのようにしてホロコーストを生き延びることができたのであろうか。その奇跡には、宗教の壁を超えた愛情の物語が隠されていたのだ。

どのように私は生き延びたのだろうか？　全く不思議だ。私を助けたのは強大な神でもなければ、自己犠牲的なヒューマニストでもない。そうではなく、私を助けてくれたのは、教養はないが、慎み深いキリスト教徒であった。近くの村からやってきた彼女は、私が生まれた時に母の家事を手伝っていた女性であるマリア。キリスト教徒のマリアである。（一二二）

この作品のように、マリア・ペトロスク（Maria Petrescu）という慈愛に満ちたキリスト教徒がユダヤ人を救う物語を、ヴィーゼルはここで初めて扱う。処女作『夜』というタイトルで知られる彼の作品は、元々のイディッシュ語原作『そして、世界は沈黙を守った』（*And the World had kept Silent* 一九五六）では、世界の全体主義への批判と、ドイツ人（キリスト教徒）へのあからさまな憎悪さえ感じられる。その処女作の時期に比較すると、ヴィーゼルの晩年の世界観には雲泥の差がある。

イェディディアの両親が収容所へ送られる前に、マリアは自らの危険も顧《かえり》みず、ゲットーに住むヴァッサーマン夫妻の許《もと》を訪れ、彼らが住んでいた家を守り、幼児を責任もって守り通すと二人に約束したのだ。

マリアは自分の命とキリストの名に懸けて私を守り育てると申し出た。私の両親が元気で戻った時には、私を彼らに戻すという約束をしたのだ。（一一三）

マリアは自分の村に幼児のイェディディアを連れて帰り、未婚であったが、その子を自分の子供だと言い張って育てた。もちろん、ユダヤ人の子供だとわかれば、すぐにでも抹殺される、ナチス党支配下の時代でのことだ。いずれにせよ、マリアの両親にしてみれば不名誉な子供であった。幼児のイェディディアの脳裏には何の記憶も残っていなかったが、マリアの両親は彼を邪魔者扱いしたようであった。だがマリアは、約束どおりイェディディアにわが子のように愛情を注いだ。しかし、戦後、マリアは大きな町へ移り、キリスト教徒に救われて生き残ったユダヤ人の子供を受け入れるユダヤ人慈善団体にその子供を預けた。その結果、イェディディアはアメリカに引き取られたが、父方の曽祖父の名前「イェディディア・ヴァッサーマン」という名前を受け継いだ。「自分は生存者の子供である」(一二四)と信じていたが、実は子供生存者であったのだ。これが彼の精神的な不安定さを引き起こしていたのだ。つまり、確かめようのない彼の失われた過去の記憶が、彼のアイデンティティの喪失感をもたらしたのだ。

この時の喪失感を、妻の女優アリカ(Alika)に告白すると、彼女は躊躇することなく、夫に生まれ故郷を訪れて、自分探しをすることを勧める。故郷ハンガリーのダヴァロヴスクのカパシアの町で、ヴァッサーマン一家が住んでいた崩れかけた二階建ての建物を発見した。「その建物が目に入ると、空虚さ、底の見えない名付けようのない悲しみ」(一二五)を覚えたことを、アメリカに帰国したイェディディアは妻に語る。女優の妻に、その時の印象を役者の気持ちに譬《たと》え説明した。

「一人の登場人物を想像してみて。舞台上で、苦痛、怒り、恐怖を感じ、壁が揺れ動くほどに叫ぼうとしている。でも、口を開けてもその口は凍えて延々と続く沈黙。それが僕だよ。幼い子、恐怖に襲われ

て。目の前には古びた我が家、そこで両親は、兄と僕に夢を託すために、色々と方策を思案しているのさ」(一二五)

ハンガリー語を話す通訳の力を借りて、何とか幼いイェディディアを救ってくれた天使の魂を持つマリア・ペトレスクを探し出した。しかし、遅すぎたようだ。マリアは、すでにアルツハイマーが進行していて、話すこともできない状態であった。食事さえも自分では取れず、近くに住む甥《おい》のヴラド・ペトレスク(Vlad Petrescu)が世話をしていた。戦争時にマリアが幼子を連れて帰ったので、村では悪いうわさが立ち、苦労した様子である。村人は、彼女に何人もの愛人がいたのだ、とも悪態をついたようだ。その甥でさえも、彼女は結婚していなかったので、私生児を連れて来たと信じていた。彼女に関する昔話をする彼らの傍らにいるマリアは、何も理解していない様子であった。

ここに、勇敢で正直な素晴らしい女性がいたのだ。彼女こそ賞賛に値するにもかかわらず、不当な軽蔑を受けた。この世界の価値観は何と歪んでいるのだろうか。人間の感情は価値を下げられている。それでも、マリア・ペトレスクは、ここに存在しているのだ。もし、キリスト教徒がもはやユダヤ人を脅かさないとすれば、彼女の功績だ。それにしても、どれだけ彼女は苦しんだことだろうか? 心を打つ偉大なヒロインである。(一二八)

市井《しせい》に生きる一人のキリスト教徒。貧しく、教養もない一人のハンガリー人女性が、宗教も人種も異なるユダヤ人幼児の命をナチスの手から、また他の反ユダヤ主義者たちの手からも、身を挺して守り続けたのだ。タルムードのいう「一人の人間を救うものは全世界を救う」とは、正にこのマリアの行為である。

マリアの甥のヴラド・ペトレスクは、昔の写真を持ち出して、マリアの話をした。その中には、マリアのスカートにしっかりとつかまっている、巻き毛の幼い少年の写真があった。言うまでもなく、幼いイェディディアの写真である。しかし、戦争が終わり、マリアは少年をユダヤ人援助協会に連れて行き、別れることになった。ヴラド・ペトレスクの話によれば、その後、彼女は急に老けてしまったようだ。

最後に、老いたマリアの耳元で、イェディディアはこう囁いた。

「とても会いたかった。これからも忘れないよ」。妻のアリカや友人、子供たちにも内緒だったことをマリアに話した。自分が病気であるという秘密。でもマリアに約束した。「僕は元気だし、これからも大丈夫だよ」。彼女に聞こえたかどうかはわからない。口を開きかけるが、言葉は出なかった。涙の泉が乾ききったのかもしれない。彼女の右目に一滴の涙が見えた。それから左の眼にも。優しく彼女の額に

キスをした。マリアはまた眠りに陥った。（一三〇）

マリアの甥に後の世話を依頼し、お金を渡して故郷の村を去るが、自分の奪われた人生を後に残し、心は重かった。

部分的には過去の記憶を取り戻したイェディディアは、精神科医のウイリアム・ワイスの助けを借りて、自分の失われた過去の記憶を取り戻し、自分のアイデンティティを取り戻す機会を得ようとする。その抑圧された記憶は、長い間彼を悩ませてきた。その記憶が次第に明らかになる。ワイス医師の治療を通して、イェディディアの抑圧された記憶は次第に癒され、戦争中に両親や兄と一緒に地下室に身を潜めていた経験へと彼を導く。それまで、自分のユダヤ人名を思い出せなかった。「ユダヤ人は生きるために自分の名前を棄《す》てる必要に迫られた」（一三九）から、戦時中に名前を変えられていたのだ。

ワイス医師にアルツハイマーを疑われるイェディディアは、ホロコーストの事情を説明する。抑圧された幼児の記憶は、不透明なヴェールに包まれているという。四歳時までの記憶がどうしても戻らない。イディッシュ語を話していたようだ。そして、自分が誰であったのか、名前も出身地もわからないと訴えるイェディディア。こうして、ワイス医師は彼に催眠療法を試みることになる。

催眠療法の力で四歳時の記憶がよみがえる。母と父の抱擁。そして、兄ドヴィド（Dovid）。通りのナチス隊のような冷酷な人々が、父母と兄を連れて行き、幼いイェディディアは地下室に一人残された。徐々に思い出される断片的な記憶は、彼を癒すには、あまりにも漠然とし過ぎていた。彼はその精神科医に本心を吐露する。

「部分的に切断された人生を生きることは、容易ではありません。もし、子供時代の記憶を取り戻せたら、私は、もっと楽になるのですが。先生、どうかよろしくお願いします」（一四二）

ワイス医師の治療を受けてから外に出たイェディディアは、対照的なもう一人の主人公のドイツ人青年ヴェルナー・ゾンダーバーグの事を思い出す。

ヴェルナー・ゾンダーバーグは、彼の人生を色づけた記憶を、一掃できれば幸せだと考えるが、そんなことがあり得るのだろうか？（一四二）

イェディディアは自分の幼年時代の記憶がなく、自分の本当の名前もわからなかった。養父母が真の親だと信じて大きくなり、彼の子供たちも養母を祖母と呼んでいる。イェディディアにとって、それは耐え難い「うそ」（lie）であった。ホロコースト生存者のアイデンティティを成立させる三要素―名前、言語、服（宗教的な）を彼は全て奪われていたことになる。「私が知っていた自分ではないことがわかった。それでは、自分とはだれなのだろうか？」（一四三）。確かに、この悩みは深い。そんな絶望に陥《おちい》る夫を妻のアリカは、「本当の両親に育てられても不幸な人はこの世にたくさんいるのよ」（一四四）と何とか慰めようとするが無駄であった。彼は必死に「生命の樹と知恵の樹」（一四四）を求めていた。きわめてユダヤ教的なアイデンティティの捉え方とも考えられる。言い換えれば、根源的にはユダヤ聖書的でもあると考えられよう。

4 〈他者性〉と神秘世界

ある夜、夢現《ゆめうつつ》にイェディディアは、亡き兄との対話を果たす。彼の記憶にはない兄が、ホロコーストの事や、現在あの世で父母と一緒であることを話す。しかし、夫がうめき声を出していることに気づき、アリカが彼を揺り起こす。また別の夜、今度は亡き父親と対話するイェディディア。両親と一緒の兄が羨《うらや》ましい、と彼が言うと、父は「みんなお前と一緒だよ」と答える。イェディディアがお話をして欲しいと乞うと、次のような物語を話した。

「一人の子供が泣いていました。どうしても泣き止みません。魔法使いが、その子を笑わせようとしますが、どうにもなりません。天使は、その子に夢を見させようとしますが、それも上手くいきません。神様もその子を哀れに思い、見えないものや、言葉では表現できないものを聞かせます。すると、その子供は神様にお願いしました。『神様は、何でもできるのですから、存在していない人々と僕が一緒にいられるようにしてください』」（一四六）

ここで、またアリカが夫のうめき声に気付き、彼を夢から呼び戻す。

また、ある晩に、夢の中でイェディディアは亡き母親に会う。


「何か苦しんでいることがあるの、可愛い坊や。何でもお母さんに話してね」

「もうお母さんのことが、何もわからないの」

「何が知りたいの？」

「顔を見せて」

「それは出来ないの。許されていないのよ」

「誰が禁じているの？」

「良き名の神よ」

「どうして？」
「わからないわ。生と死の世界を分けるためかも知れないわ」（一四七―八）
この時も、うわごとを口にする夫を心配して、アリカが声を掛けた。夢を通し、イェディディアは死の世界と交信を行なっている。まるで、アリカが夫を死の世界から呼び戻しているようだ。これが、単なる彼の夢なのか、それとも夢の世界を媒介に別次元のリアリティに触れているのか、読者には不明である。ただ、一つ言えることは、ユダヤ聖書のヨセフの夢判断に見られるように、夢の言語はしばしば神の世界と交信することを可能にしている。ここでは、夢が死の世界との交信手段となっている。
究極的な〈他者性〉とは、ここでの〈生と死〉の交信に見られるように、〈他者の世界〉は無限の神の世界にも繋がる尊厳あるべきものだ。〈他界〉との交信こそ、極めて高度で想像的な世界との対話なのである。「顔を見せること」も許されない、それはユダヤ聖書に描かれた「ヨブ記」で、この世のヨブと神の間でなされる究極的な対話を容易に想起させる。父親に「お話をして」と乞うイェディディアに、その父親が語る「物語」にも見られる神の絶対性も、この「ヨブ記」の神の姿に通じるものだ。『タルムード四講話』でレヴィナスが言うところの「神はある意味で他者の最たるものです。『他なるものとしての他なるもの』『絶対的に他なるもの』」（レヴィナス 四二）。無限な可能性を秘めた個々人を、特別な存在として認識すべきことをヴィーゼルも異口同音に主張しているのだ。

亡き父母とのコミュニケーションは、自己存在の意味を求めている作者ヴィーゼルの姿とも通底している。ヴィーゼルが描いた死者との対話を通して、現在のアメリカに潜在する〈我とそれ〉関係の民族間の差別意識から、脱却の可能性が暗示されている。

人間が繰り返してきた民族間紛争の源でもある差別意識。様々な形に姿を変える憎悪や迫害の原因がまさにここにあると言えよう。ホロコーストの歴史とは、自己中心的で暴力的な思考を正当化する〈全体主義〉という人間の愚かさを象徴するものでもある。アメリカでいえば典型的なKKK（アングロサクソン至上主義の秘密結社）に明らかな思想である。

5 〈他者性〉否定と孤独

裁判の日から何年も過ぎた後で、ドイツ人青年ヴェルナー・ゾンダーバーグと、ホロコースト生存者イェディディア・ヴァッサーマンがタイムズ・スクエアー近くのホテルロビーで再会する。ヴェルナーからの招待である。裁判所の時とは違い、今はアンナという妻がヴェルナーと一緒だった。あの裁判の時はヴェルナーには現実感がなかったが、今はそうではなかった。裁判時の疑問を、イェディディアは本人に直裁《ちょくさい》に尋ねた。

「僕は、あなたの態度に困惑しました。『有罪でもあり、同時に無罪でもある』というのは、哲学者には受け入れやすいかもしれませんが、法律ではそうはいきません。裁判官がそのように説明しましたね。僕にとれば、あなたがどちらかを選択することを拒んだことが、私たちを一番悩ませた曖昧性だったのです」（一五四）

とイェディディアが言うと、ヴェルナーが次の様に答えるのだった。この答にも作家ヴィーゼルの終生抱えた、謎に満ちた生の実相の解釈が読み取れよう。

「私は自分に罪がないとは思いません。ですから、『有罪でもあり、同時に無罪でもある』と答えたのです。真実という意味では、この『同時に』が大切なのです。人生において、すべてが明白であるなどと信じているのですか？　常に、こうであり、ああではない。一つだけが真実であり、他は違う。善か悪か、幸か悲劇か、忠誠か裏切か、美か醜か？　あなたも、そんなに単純ではないでしょう。きちんと線を引ける明白な区別などあまりにも単純だし、ご都合主義ではありませんか？」（一五四－五）

このヴェルナーの説明を否定することは、イェディディアにも出来なかった。何故なら、科学では純粋というのはあり得るかもしれないが、「魂という闇域」（the intrigues of the soul 一五五）においてはありえない。それは言うまでもないことだ。この魂という深遠な領域においては、ドイツ人もユダヤ人も差などはない。いわんや、恣意的な宗教も及ばない混沌世界である。白人や黒人、また黄色人種であろうが肌の色など及ばない魂の深みである。生命の根っこの部分に直結した部分であろう。

さらに、ヴェルナーはイェディディアに真実を語る。山で亡くなったハンス・ドゥンケルマンという男性は、裁判ではヴェルナーの叔父として扱われていたが、その男性の本名はハンス・ゾンダーバーグといい、ヴェルナーの父方の祖父であるという。ホロコーストの頃、ナチスの将校として多くのユダヤ人を殺害した罪から逃れるために名前を変えたのだ。そして、ハンスは孫のヴェルナーを頼ってアメリカへやって来た。ヴェルナーが語るハンスの人物像は、冷酷無慈悲な軍人そのものであった。

「ハンスはナチ党員でした。さらに悪いことに、ナチス親衛隊でした。さらに悪いことには、保安警察及び保安部（アインザッツグルッペン）のメンバーです。それは特殊部隊で、彼らの任務は征服したヨーロッパ諸国のユダヤ人を絶滅することでした。ハンスが名前を変えたのも、彼が非人道的な犯罪により指名手配となっていたからなのです」（一五七）

祖父のハンスは、第一次世界大戦でのドイツ敗戦の理由を、「ユダヤ人と共産主義者一味」(the Jews and their Communist allies 一五八)の結託だと信じていたという。ハンスは何の疑いも抱かず、ヒトラーの言葉に酔っていた。

「犯罪者の名前をヒトラーがあげ連《つら》ねた——ユダヤ人、共産主義者、民主党、フリーメーソンという輩の名前だ。ヒトラーこそが、我々ドイツ国民を罪の意識、虚弱さ、敗北、恥から解放してくれたのだ」(一五八)

ハンスはヒトラーを崇拝し、逆にユダヤ人や共産主義者たちをさげすみ、ユダヤ人を「ウンターメンシ」(Untermensch 劣等人種)と貶《おとし》めることで、レヴィナスが主張する〈他者〉との対話の可能性も無視してしまったのだ。マルティン・ブーバーの表現を借りれば〈我と汝〉ではなく、〈我とそれ〉の、人間と〈もの〉との関係である。他者との精神的な交わりを完全に否定した態度である。現在もアメリカに起こっている、アジア人種への黒人の暴力事件は、白人に虐げられてきた黒人が、今度は自分たちの不満をアジア系に向けているのであり、それは、人間の尊厳否定という負の連鎖によるものだ。

アディロンダック山へハイキングをした際に、ヴェルナーは、歴史的な犯罪にすら罪意識を持たない全体主義の祖父ハンスを詰問《きつもん》する。


「あなたが殺戮した人々は誰にも危害を加えなかったでしょう。無実な人々だったのです。そのことで悩むことはありませんでしたか？」とヴェルナーが尋ねた。

「あいつらはユダヤ人、だから罪人なのさ」

「どんな罪があるのです？」

「ユダヤ人として生まれた罪さ」

「それで？」

「だから、あいつらは罰を受けるべきなのさ。無慈悲に抹殺されなくてはいけないのさ、誰もかれも」

「ユダヤ人も私やあなたのように同じ人間だという気持ちは起きなかったのですか」

「あいつらはお前やわしらとは違う。ユダヤ人だから人間ではないのさ」（一六〇）

〈ユダヤ人抹殺〉という命令にためらうことなくユダヤ人の〈他者性〉を無視した祖父のハンスは、軍の命令に従うだけの機械的な存在でしかない。孫のヴェルナーには到底理解が及ばない。

「粉砕された頭蓋骨、子供は殴られ、蔑《さげす》まれ、踏みつけられ、標的にもされた。服を脱がされ、茫然自失の女性たちは、ガス室へ追いやられた。無口な老人たちは、夢を失った石のような表情だった。そんな光景を見て何を感じたかって？　全く何も感じなかったのさ。銃を持ち、わしはその銃になっちまったよ」（一六三）

ユダヤ人に対し、全く人としての尊厳を感じなかったハンスは、自分たちのしでかした非道な虐殺に対して反省も後悔もない。〈我と汝〉関係ではなく、〈我とそれ〉の世界観によって、人間に本来備わっているはずの想像力も失ってしまったのだ。〈他者性〉を否定することが、自らの人間性否定にも繋がることがよく理解できる。イェディディアを救うために、自らの命を危険に晒したマリアとは正反対な存在である。その結果、ハンスは、孫からも完全否定を受けることになる。マリアが甥のヴラド・ペトレスクの優しい介助を受けているのとは対照的に、ハンスは彼自身の存在意義を実の息子からも、孫からも否定されてしまう。ユダヤ人の選別、ガス室への送り込み、また銃殺を指揮したのがハンスであったのだ。そんな過去を後悔することもないハンスに、ヴェルナーは、祖父との血縁関係をきっぱりと否定する。

ヴェルナーは、ハンスに苦々しく声を荒げた。「それでも、あなたは私があなたと血縁関係にあることを名誉に思って欲しいのですか？」

「お前が気に入らなくても、血筋なのさ」

「血筋だって間違いはありますよ。私たちの場合のようにね。あなたと私は同じ家系には属していません」

「繰り返すが、お前が好もうが、好むまいが、二人は血縁なのさ」

「仕方ありませんね。それでは、この血縁を責務として耐えましょう。いや、むしろ呪いとして」（一六五）

ハンスのような祖父の世代が犯した蛮行の結果として、戦争のことなどまったく知らない孫の世代のヴェルナーも罪意識を免れ得ないのである。

「あなたや、あなた方の世代のために、そういう無慈悲な殺戮のずっと後で生まれた私たちも、罪意識から逃れられません。あなたのせいで私の喜びは真のものにはなりません。あなたのせいで、母親に抱かれた子供を見ても、あなたが死に追いやった子供たちの事を考えてしまいます。あなたのせいで、誰もが許されるはずの、純粋で確かな幸福感を抱くことが許されないのです」（一六六）

こうした孫との激しい口論の結果なのか、ハンスは岩場から滑落して死去した。祖父ハンスとの別れ際に、ヴェルナーは「あなたの思い出を私の記憶から抹殺します」（一六八）と断言した。これが、国粋主義者としての自負を持ち生きてきたハンスを、絶望の淵に陥れた大きな要因であることには間違いがない。そのために、裁判時にヴェルナーは「有罪でもあり、同時に無罪」でもある、と独白したのだ。

レヴィナスは『困難な自由』の中で孤独な人間について次のように記している。

> 暴力的な者は、自己の外に出ることがない。暴力的な者は、獲得し、所有する。所有は、自存を否定する。持つこと、それはその存在を拒否することである。暴力は絶対的な支配であるが、孤独である。（レヴィナス　一二）

しかし、もしハンスが事故ではなく自殺をしたのであれば、彼なりの人間性を回復したのかもしれない。言い換えれば、ユダヤ人の〈他者性〉を初めて認識し、犯した罪の重大さに気づき、孤独からの脱出を試みたのかもしれない。

6　結び

この作品『ゾンダーバーグ裁判』を通してヴィーゼルが試みたことは、アメリカに住むユダヤ人のホロコースト生存者が悪夢に苦しむように、同じ国に住むドイツ人の戦争犯罪者側の子孫にとっても、ホロコーストという歴史が、いかに大きな意味を持ち続けるかを示唆することであったように思える。

ヴィーゼルは、ユダヤ人ホロコースト生存者の主人公とドイツ人青年主人公の歴史意識を、鏡像関係を用いて見事に描出している。これは、単にユダヤ人とドイツ人の問題というものではなく、アメリカにおける多人種間の差別意識の根源にも深く関わる重要性を孕《はら》んでいる。

ハンガリー人で、キリスト教徒でありながらも、幼いイェディディアの命のために身を挺したマリアは、彼の両親に対しても、イェディディアの中にも敬意に値する〈他者性〉を本能的に見出している。民族や宗教の区別を超えた〈我と汝〉の関係である。それは戦争中のハンスの残虐行為と対照をなす。そのハンスの孫でもあるヴェルナーは、人間愛に満ちた生粋のドイツ人である。ユダヤ人も含めて、人はさまざまである。ホロコーストを生き延びたヴィクター・フランクル（Viktor E.

Frankl）が描いた『夜と霧』（*Man's Search for Meaning* 一九五九）にもあるように、ユダヤ人の裏切り者として、収容所のユダヤ人たちから怖れられていた看守人カポ（kapo）にも親切な人はいたのだ。ドイツ兵の中にも、同じように良識のある軍人もいたのだ。現代アメリカ社会の異人種間差別を考察する場合には、人種としての先入観にとらわれると、見えるものまで見えなくなり、異人種に対して非人間的〈それ〉と認識し、相手に対する人間としての尊厳を見失うことになりかねない。そんな危険性を察知してヴィーゼルは、アメリカ社会への警鐘としてこの『ゾンダーバーグ裁判』を書きあげたのではないだろうか。

世界が、現在のパンデミックのような脅威にさらされると、非人間的で全体主義的な暴力が頭をもたげてくる危険性がある。ヴィーゼルは平和主義者として、時の流れと共に薄れていく負の歴史を再認識する重要性を訴えるために、失われた過去の記憶を辿る使命を主人公イェディディアに負わせたのではないだろうか。そこに、現代アメリカ社会が抱える差別問題解決の糸口である〈他者性〉が暗示されている。

引用・参考文献

Buber, Martin. *The Way of Man* (1950) & *Ten Rungs* (1947). New York: Citadel Press Books, 2006.

Teege, Jennifer. *My Grandfather Would Have Shot Me*. New York: The Experiment, LLC, 2015.

Wiesel, Elie. *Un di Velt hot Geshvigun* (*And the World Remained Silent*). Argentina: Central Organization of Polish Jews in Argentina, 1956.

——. *Four Hasidic Masters*. London: U of Notre Dame P, 1978.

——. *From the Kingdom of Memory*. New York: Schocken Books, 1990.

——. *The Forgotten*. New York: Simon & Schuster, Inc. 1992.

——. *Night*. Translated by Marion Wiesel. New York: Hill and Wang, 2006.

——. *The Sonderberg Case*. Translated by Catherine Temerson. New York: Alfred A. Knopf, 2010.

Wigoder, Geoffrey ed. *Encyclopedia of Judaica*. Israel: Keter Publishing House Jerusalem Ltd., 1994.

レヴィナス、エマニュエル『タルムード四講話』内田樹訳、国文社、一九八七年。

——『困難な自由』合田正人監訳・三浦直希訳、法政大学出版局、二〇〇八年

第二章　対立の果て
——『犠牲者』

佐川和茂

1　はじめに

第二次世界大戦において、徴兵に至るまでの若者の苦境を描いたソール・ベロー（Saul Bellow 一九一五–二〇〇五）の『宙ぶらりんの男』（*Dangling Man* 一九四四）に続いて、『犠牲者』（*The Victim* 一九四七）は何を語る作品なのであろうか。

それは、ジューヨーク（ユダヤ人のニューヨーク）と異名をとる大都市におけるユダヤ系アメリカ人の生きる奮闘を描き、犠牲者の状態から修復を図ってゆく物語である、と言えようか。

アーヴィング・ハウの『父祖の世界』（*World of Our Fathers* 一九七六）やハワード・サチャーの『ア

メリカのユダヤ人の歴史』(*A History of the Jews in America* 一九九二)によれば、主人公エイサ・レヴェンサルの父親が営んでいた古着商、そして主人公が体験する古物商の助手、百貨店地下での販売、安ホテルの受付、公務員、そして古物商に関わる商業雑誌の編集は、ユダヤ系の人々が多く従事していた職業であるかもしれない。紆余曲折を経た主人公は、結局、自らに適した組織に所属し、自分の強みを生かせる職業に従事し、徐々に自己評価を高め、苦境から脱してゆくように思える。

本章では、『犠牲者』におけるユダヤ系のレヴェンサルと、ワスプの名門出であるというオールビーの対立に関わる要素を探ることによって、彼らの修復の過程をたどってみたい。

2 レヴェンサルの不安の要因

まず、レヴェンサルが抱える不安な心理は、カービー・オールビーの無体《むたい》な非難に動揺する前提となっているであろう。仮に彼が確固たる心理状態であったならば、無理な批判を最初からはねつけていたかもしれない。

そうした彼の不安の要因としては、家庭環境、職業体験、結婚生活などが考えられよう。

彼が育った家庭環境は、不遇であった。父は、ユダヤ人差別に対抗して、世間を敵視し、利己的であり、金銭を唯一の味方にし、古着商として生涯を終えた。いっぽう、母は、レヴェンサルが八歳、弟マックスが六歳のころ、家から姿を消し、精神病院で「狂死した」と父に告げられているのである。これは、子供たちにとって、いかに衝撃的なことであっただろうか。さらに、高校を中退した弟とは疎遠であり、会話を交わしたことはほとんどなかったという。こうしたわびしい家庭環境が、自分や他者に対して、レヴェンサルが心を閉ざしている要因となっているのであろう。

さて、彼は、高校を出て、親戚の伝手《つて》で古物商ハーカヴィの助手を務め、主人の援助で夜間大学に通い政治を学んだが、成績は振るわなかった。やがて主人の死去と共に古物商を辞め、百貨店地下で靴を売り、あるいは、ローワー・ブロードウェイの安ホテルで受付をしていたころ、敗残者に身を落とす寸前であった。それを辛うじて逃れ、公務員になり、さらに紆余曲折を経て、現在の商業雑誌の編集に就いたのである。多くの失敗の後、敗残者の境遇を紙一重で免れたことは、一種の後ろめたさを伴い、状況が再び暗転するのではないかという不安が付きまとう。失敗の多い人生は、彼の自己評価を高めることはない。

ちなみに、作品中の主要人物であるレヴェンサル、マックス、ハーカヴィ、ウィリストンの住居の格差は歴然としているが、主人公の場合、四階の部屋までの狭い階段を上り下りしながら、人生の浮沈にしばしば脅えていたのかもしれない。

家庭においては、妻ある男性と交際していたメアリと紆余曲折の果てに結婚し、現在、彼女は彼の不安を和らげる存在であるが、その妻が実家の用件で南部に長く帰郷しており、寂しい日々を送る彼は、家事も不慣れであり、自炊もできず、幻影が浮かぶほど不安が増している。

一方、職場では、編集は適職であるものの、上司は反ユダヤ的な言動を繰り返し、職場に心を許せる同僚はいない。

3 レヴェンサルとオールビーの対立

こうした不安な状態にいるレヴェンサルに、疎遠だった弟マックスの次男が重病になり亡くなってゆくことと、数年ぶりに現れたオールビーが非難を投げかけてくるという事態が、次々と襲い掛かるのである。

弟は南部に出稼ぎに行っており、残されたイタリア系の妻で興奮しがちなエレナは、迷信深く、病院を恐れて子供の入院を躊躇し、その間、次男の病状は深刻になってゆく。

エレナは、子供を心配し、母親の愛情によって、家庭で看護婦より巧みに世話をしているつもりかもしれないが、反面、暑い時期には料理に手抜きをし、重病の子供を締め切った部屋に寝かせ、酷暑の中で子供に二枚の毛布を掛けるなど、誤った考えに基づいて看護をしているのではないか。これでは、かえって子供の害になるであろう。

厳格なカトリック教徒であり、迷信深いエレナの老いた母も、レヴェンサルの不安を募らせている。一方、亡くなった古物商の息子ハーカヴィも指摘しているように、レヴェンサルはうまく自己管理ができていない。不安を抱えた状態であるから、物事を実際より悪く、悲観的に解釈しがちである。自分に対しても、他者に対しても、妻を除けば、開放的でなく、周囲の出来事に無関心を装い、身近で問題が起こることを恐れている。

こうして突発的な出来事に動揺しがちな状態にいるとき、かつての知人オールビーが数年ぶりに現れ、自分の没落の原因はすべてレヴェンサルにある、と攻め立てるのである。

それでは、オールビーの現状はいかなるものであるのか。上層階級を形成していたワスプの名門出であるのに、時代の変化によって物事が思うように運ばないことに嫌気がさし、飲酒癖がつき、そのために失職し、妻は去っていった。その妻を交通事故で亡くし、妻が残した保険金を使い果たし、住んでいた安宿を追い出され、野宿せざるを得ない状態である。妻の親族には最初から嫌われ、昔の友人には恥ずかしくて会うことができない。

これほど落ちぶれる前に、オールビーにも打つ手があったと思われるが、名門出であるがゆえに抜きがたい習慣が、人生の修復を妨げている。いまや所属すべき組織もなく、頼れる人もなく、打ち込む対象もない。

落ちぶれたオールビーは、長く悶々と考えた挙句、失職の原因となったと思えるレヴェンサルを責めるよう決心したのであろう。没落の責任をすべてレヴェンサルに押し被せようとするオールビーの言動に問題がないとは言えないが、彼が話す内容は、『この日をつかめ』(*Seize the Day* 一九五六)のタムキン博士のように、それなりに真実を含んでおり、不安定なレヴェンサルはそれを一方的に拒否することができない。また、レヴェンサルは、「存在に対する奇妙さ」を常に感じており、住居のプエルトリコ系管理人の犬に好かれるような優しい面もあるゆえに、自分が陥っていたかもしれない悲惨な敗残者を思わせるオールビーの要求を、一概にはねつけたりしないのであろう。ちなみに、「人が動物をいかに扱うか、それはその人の性格を表わすものである」(『万人のタルムード』*Everyman's Talmud* 二三五)という。

それでは、オールビーは、レヴェンサルに何を求めているのか。昔の友人たちには合わせる顔がないオールビーは、不満のはけ口をレヴェンサルに求めるしかなく、彼の反応を窺いながら、具体的な要求を決めてゆこうとしているのではないか。

ところで、オールビーの厚かましい言動は、ふとユダヤ人の乞食を連想させよう。ユダヤ人の乞食は、「施しをすることは、善行を成し、神に近づく道なのである」という論理によって、堂々と施しを求めたという。これは、レヴェンサルも他人を助けることによって、得られるものはあるのだ、というオールビーの理屈につながるであろう。オールビーは、ある意味で、レヴェンサルに人として正しい行為を成す機会を与えようとしているのかもしれない。込み入った要因があったとはいえ、オールビーが失職し、没落したのは、（不遇であったレヴェンサルの就職を助けてくれたワスプの恩人ウィリストンも言うように）レヴェンサルの言動も間接的に関わっていたのかもしれないからである。

また、落ちぶれても知識の豊かなユダヤ乞食は、施してくれる人と対等にタルムード論争を展開したというが、かつては優れた頭脳で旺盛な読書をしていたというオールビーも援助を求めていながら、それを（読者にとって興味深い）論争形式によって進めてゆこうとしているのである。

一般論として、世界には、人が群がり、死者でさえ積み重なって埋葬される状態である。混雑し混乱した状況で、誰もが良い場所を求めて奮闘しているが、厳しい競争社会では、必然的に落伍者も多く出てしまう。レヴェンサルは敗残者に落ち込む寸前であったし、オールビーはさらにひどい状態に陥っているのだ。

階級が固定していた時代ならば、名門出は、その特権を享受でき、一方、レヴェンサルのように生まれが不遇だった者は、一生を下積みで終わっていたかもしれないが、いまや時代の変化によって社会の流動性が増し、台頭する者と落伍してゆく者が増えているのである。流動化は、切磋琢磨する人には上昇機運となろうが、オールビーのように時代の波に乗れず、没落してゆく人も絶え間なく生み出すことであろう。

変化の波に翻弄される中で、人の態度や、集団の動きなどが人生を形成してゆく過程では、運命のいたずらや矛盾や不正が伴うであろう。それらをいかに修復できるのか。それを人が一対一で行なおうとした場合、どうなるのか。

その点、オールビーは、レヴェンサルとの間でそうした不正を是正しよう、とほのめかし、不安な状態にあるレヴェンサルに付け込み、ユダヤ性に関する言説、自らの栄光の過去、名門出の価値観、社会変化、懺悔《ざんげ》の気持ち、修復の思想などを織り交ぜ、レヴェンサルの心に食い込んでゆくのである。

レヴェンサルは、仮に彼がオールビーの没落に関与していたとしても、それは意図してやったことではなく、それが偶然にも不幸な結果を生んでしまったにすぎない。したがって、オールビーの非難を退けてもよかったのであろうが、彼自身の不安も要因となり、妻の留守中、オールビーに自分の住居を間借りさせ、金を貸し、職探しを助けようとするなど、いろいろ配慮してやる。結局、レヴェンサルは、(ベローのほかの主人公たちとも似て) 根は良い人なのであろう。

ただし、オールビーは、レヴェンサルの留守中、彼のベッドに見知らぬ女を連れ込み、挙句の果てには、台所でレヴェンサルを道連れにガス自殺を図ろうとさえするのである。

オールビーは、自殺するつもりならば川へ飛び込むこともできたはずであるが、持っていた鍵でドアを開け、深夜にレヴェンサルの台所でガス栓を開けたのである。この場所をなぜ選んだのか。ガス爆発の恐れもあり、レヴェンサルも巻き込まれてしまうではないか。これまでの二人の対立の締めくくりとして、この場所を選ばなければいけなかったのであろうか。

幸いにもレヴェンサルが気付き、ガスは止められ、争いの挙句、オールビーは姿を消してしまう。

4　対立の果て

酷暑の夏より初秋にかけて展開された、オールビーとレヴェンサルの対立の果てに見えてくるものは、何であろうか。

両者のぶつかり合いを通して、レヴェンサルの心の中にオールビーの姿が膨らんでゆき、ときには、加害者と犠牲者の立場が逆転し、相手の立場で物事を見、あるいは、自分がすべてのことに関わっているのではないか、という束の間の悟りを感じたりしている。こうした状況では、それらは起こり得ることなのであろう。

実際、レヴェンサルは、一瞬の悟りや夢や霊感の中で、本人にも明らかに知覚できていないようであるが、彼の自己認識の拡大を示唆しているように思える。すなわち、それらは、注意を内なる世界に向け、自己を掘り下げ、魂の領域に関心を広げる契機となっているようである。

オールビーとの対立を経て、レヴェンサルは、無関心を装う代わりに、周囲の物事に以前より心を動かされやすくなっている。その結果、たとえば、同じニューヨークに住んでいながら、これまで会ったこともなかった弟の長男フィリップと、休日を映画館や公園や動物園で過ごし、一緒に食事をしたり、次男ミッキーの難病に対して病院を手配したり、何回も見舞いをしたり、ハーカヴィの孫娘の誕生日を祝ったりしている。次男を亡くした後、南部で新しい生活を始めるという弟の家族を、レヴェンサル夫妻が訪れることもあろう。

どうしてそのようなことが可能になるのか。一般論として、自己や物事を深く理解するためには、反対のものを体験しなければならない。すなわち、加害者と被害者、ワスプとユダヤ人、台頭する者と落伍者、生と死、ニューヨークとタイのバンコクやインドネシアのスラバヤの酷暑などである。ここでは、前述したように、被害者と加害者の立場が入れ替わる場合も生じている。また、普段は当然視している日常の物事に感謝するには、身を最低の地点まで引き下げて見上げなければならない。さらに、いま、ここに生きているありがたさを感じるには、死をどんな形にせよ、体験しなければならない。対立の過程で、オールビーは、レヴェンサルに彼が避け続けてきた人生の深淵を垣間見させるのである。結局、レヴェンサルは、オールビーとの対立を通して、閉ざしていた魂を揺さぶられ、これまで周囲の物事に無関心を装っていた自己を掘り下げる機会を得たのではないか。

仮に、オールビーとの対立や、疎遠であった弟家族との交わりがなかったら、レヴェンサルはどうなっていたであろうか。おそらく、自己を掘り下げ、相手の立場に立って物事を考え、きめ細かな配慮をするような事態には、至っていなかったであろう。それは、弟の子供の死や、オールビーが巻き起こした無秩序や混沌を含む、レヴェンサルにとってはつらい体験であったが、それらから彼は自分の生き方を修復してゆく契機をつかんだのではないか。

5 修復の思想

ここで『犠牲者』に窺えるユダヤ性に注目するならば、おそらくユダヤ系がようやくニューヨークに台頭し始めた時代を反映しているのであろうが、ユダヤ性が表面的に目立つものは少ないかもしれない。たとえば、レヴェンサルは、ユダヤ人に大切な安息日や祝祭日を守っておらず、ユダヤ教が定める食事規定にも関心を払っていない。妻の留守中、いくら近所であり安いからといっても、イタリア・レストランで外食し、さすがにポーク・カツレツではないにせよ、仔牛肉のカツレツなどを注文している。また、マンハッタンやスタテン島にシナゴーグは多く存在しているが、レヴェンサルやマックスが、祈りや学習にそこを訪れる光景はさらさら見られない。

ただ、カフェテリアや誕生パーティなどでユダヤ系の人々が集うとき、「来年はエルサレムで」という約束の地への憧れが唱和され、東欧系ユダヤ人が発展させたとされるハリウッドの映画産業が話題になり、ユダヤ人の歴史にも言及されている。

それでも、もう少し深く見るならば、どこかサムラー氏（*Mr. Sammler's Planet* 一九七〇）を連想させる老ジャーナリストのシュロスバーグが説く、「人間以上」や「人間以下」という思想や善行を重視する態度は、人間に可能な倫理を求め、決して超人的な要求をしないユダヤ教の教えを思わせるものではないか。

加えて、この作品は『犠牲者』と題されているが、レヴェンサルとオールビーが対立の果てに犠牲者で終わるのではなく、それぞれが人生の修復に向かってゆくことは、ユダヤ教が説く修復の思想を反映しているのではないだろうか。

修復の思想に関しては、よく引用される十六世紀のユダヤ人の聖者イツハク・ルーリアが説く神話がある。すなわち、天地が創造された際、そのあまりの圧力によって創造の器が破壊され、神の聖なる光が方々に飛散したという。そこで、人は、神の協力者として、善行を成すことによって、万物に封じ込められたその聖なる光を解放し、不完全な現世の修復を図るよう求められているのである。万物に神々が宿るという日本の宗教思想を思わせるイツハク・ルーリアの神話が示唆する現世の修復とは、ユダヤ教が説く使命（ミッション）なのである。

また、子供時代に重病にかかり一命を取り留めたベロー自身は、「自らの人生を修復の過程である」（『ソール・ベローとの対話』*Conversations with Saul Bellow* 二六四）と見なし、『犠牲者』を含む各作品に時代状況や自らの生活を反映させつつ、修復の思想を織り込んでゆく。各作品の最終場面において、紆余曲折を経た主人公は、人生の新たな一歩を踏み出してゆくのである。

こうしたユダヤ教の説く、そしてベロー自身の人生を反映させた修復の思想によるものであろうか、『犠牲者』は、たとえば、ハーストウッドがあっという間に没落してゆくドライサーの『シスター・キャリー』（*Sister Carrie*）や、女主人公が自殺に追い込まれてゆくクレインの『街の女マギー』（*Maggie: A Girl of the Street*）や、あるいは、過去のしがらみを断ち切れず、悲惨な最期を迎えてゆくヘミングウェイの「フランシス・マコーマーの短い幸福な生涯」（"The Short Happy Life of Francis Macomber"）や、テネシー・ウィリアムズの『欲望という名の電車』（*A Streetcar Named Desire*）や、アーサー・ミラーの『セールスマンの死』（*Death of a Salesman*）とは異なる。これらの作品と比較すると、レヴェンサルやオールビーは、紆余曲折を経ながらも犠牲者として終わるのではなく、彼らの人生を修復してゆくのである。

6　レヴェンサルやオールビーの修復への道

レヴェンサルは、オールビーとの対立を経た数年後、かつての無関心を装う表情は和らぎ、初期の失敗にもかかわらず敗残者になることを免れたという一種の後ろめたさも薄らぎ、以前より若々しく見える。

自他に対して無関心を装っていたレヴェンサルは、オールビーとの対立や、弟マックスの家族との交わりを経て、自己を掘り下げ、自己評価を高め、また、まもなく父親になる予定であり、その生き方を発展させてゆくのではないか。

レヴェンサルは、これまで数年間勤めた商業雑誌の出版社を辞めてゆくが、その際、諸問題を抱えていても締め切りを守って編集を取り仕切るレヴェンサルの優秀さを認めていた（反ユダヤ的な）上司は、転職を引き留め、昇給を提案する。そのことは、レヴェンサルの自己評価を少なからず上げる助けになったかもしれない。

いずれにせよ、友人ハーカヴィの古物商に関する出版社に異動したのであるから、反ユダヤ的な以前の職場と比べて、レヴェンサルの職場環境は改善されたと言えよう。ここで歴史を振り返れば、ユダヤ人は長期にわたって様々な職業より締め出されており、古物商を含めた、いわゆる隙間産業に活路を見出すしかなかったのである。ニューヨークにおいても、ユダヤ系の人々は、ハーカヴィの父親や息子を含めて、多く古物商に従事していたのであろう。「早くも一八三〇年代に古着商は、ほとんどユダヤ系の独占になっていた」（四二）と、『アメリカのユダヤ人の歴史』に指摘があるが、古物商に関しても同様のことが想像されよう。ちなみに、古物商とは、古くなった物でも修復して活用する仕事であり、修復の思想と響き合う職業ではないか。

前述したように、これまでレヴェンサルの自己評価は低かったことであろう。人生のどん底に近いところまで落ち、かろうじて浮かび上がったに過ぎないからである。ハーカヴィ老人がせっかく勧めてくれた夜間大学でも成績が振るわないが、そもそも法律を学び、弁護士を目指すという能力や気力がなかったのだ。さらに、現在の職を得るまでに、何回も就職面接に落ちている。このように低かった自己評価は、友人ハーカヴィの職場に移ったことや、その職場での適性、そして子供が生まれてくることも含めて、向上してゆくことであろう。流動性が激しく、紆余曲折の多い人生であっても、人は自分に適した組織に属し、自分の適職に没頭することによって、自己を支え、自己を向上できるのである。

「われわれができることはたくさんあるのだ。つまらないことで自分をすり減らしていたのでは、どうしようもない」(二六九)とレヴェンサルは思う。

一方、オールビーは、レヴェンサルとの対立の果てに、さらに没落を続け、おそらく無縁墓に葬られるかと思われたのに、予期に反して、意外に人生を修復している。「うまくやってゆくためには、力のある者に合流しなければならない」(二三〇)という彼の考えを実践し、かつての有名女優の付添として、それなりに世の中の変化と折り合いをつけ、人生を楽しんでいるらしい。今では引退し、名声にこだわらず、落ち着いた生活に浸っているというかつての有名女優は、名門出であって落ちぶれ、現在は中流ほどに人生を修復しているらしいオールビーとは馬が合うのではないか。

オールビーは、自殺未遂の後、おそらく名門出の抜きがたい習慣を少しは改め、ある意味でユダヤ移民の奮闘のようなものを若干は学び、生き方を修復したのであろう。また、レヴェンサルの台所で一度死んだような気持ちになって、人生を立て直したのかもしれない。こうした点で、オールビーがレヴェンサルに負っているものは少なくないであろう。

長い目で見ると、いかなる状況の人が向上するのか、あるいは落ちてゆくのか、わからないが、明らかなことは、向上できるよう日々の蓄積が大切であり、また、状況に対応する態度が重要ではないであろうか。どの分野にせよ、長期に伸びてゆく人と、途中であきらめてしまう人が出てくるが、それは、人生の道のりにおいて、蓄積した内容の違いによるものかもしれない。やはり、根本は、自分に適した打ち込む対象を見出し、それに多くの精力を費やした人が、その分野で成功するのであろう。

ベローが『積もりつもって』(*It All Adds Up* 一九九四) 所収のエッセイで言及している、ユダヤ系経営学者ピーター・ドラッカーが、「好調の時にこそ次の段階を考え、不遇の際は、神の試練と思い耐え抜くのである」(『非営利組織の運営』 *Managing the Nonprofit Organization* 六六、一二三) と説く、組織や個人が長期にわたって生産性を維持する思想が、レヴェンサルやオールビーの人生を修復する助けになっていることであろう。

また、これもドラッカーの思想であるが、「自己に合った組織に属し、好きで熱中できる仕事に没頭する」（同上 一九五）ということが、レヴェンサルやオールビーの今後の人生を後押しするものではないか。

それは、基本的に自分との競争であり、他者を蹴落とそうとする競争原理ではない。他人とではなく、自らと競う人、そして自らに適した仕事に熱中する人が増えてゆくならば、現世はそれに伴って修復されてゆくかもしれない。また、それは、もしかしたら、差別や迫害を回避してゆく道であるかもしれない。

7 おわりに

『犠牲者』には、さらにユダヤ性の一つとして、助け合いの精神が含まれているのではないか。たとえば、出自が不遇であったレヴェンサルが何とか自分に適した仕事にこぎつけられたのは、叔父の友人であった古物商ハーカヴィが夜間大学での教育の機会を与えてくれ、また、その息子ハーカヴィが友人となってレヴェンサルをいろいろ助け、古物商関係の出版社にレヴェンサルを招いてくれたおかげである。さらに、カフェテリアや誕生パーティに集う人々は、率直に話し合い、助け合う共同体を形成している。レヴェンサルやオールビーも対立の果てに、一種の助け合いによって、それぞれが修復への道を歩むのである。

そもそも各人は、それぞれ辿ってきた先祖の影響が異なり、生まれ落ちた環境が違い、個性が様々なのである。人は、それぞれ持って生まれた性格、生後に養った性格を伸ばし、その潜在能力を開発し、個人の特質を伸ばして生きることが、最も幸せなのではないであろうか。そして、自分に最適の組織に属し、自分に合った仕事に没頭し、社会に貢献することによって、幸福を得てゆくのであろう。

個性を発揮する人がそれぞれ打ち込める対象に熱中して生きる過程では、前述したように、他人と競うのではなく、自分との競争である。これによって、多くの無益な争いが減り、差別や迫害が和らぎ、多様性が花開き、持続する豊かな社会が発展するかもしれない。

ただし、複雑で多様な現代社会においては、われわれの言動が思いがけない結果を招くということは、レヴェンサルとオールビーの場合に見るように、起こり得ることである。その結果に対して責任を持つということは、人間として大切であろうが、それを果たすことは、短期間では無理かもしれず、長い間に是正を求められるものであろう。「人間的であるとは、多くの弱点を抱えながらも、土壇場で踏み堪える力である」(一五四)という言葉が、『犠牲者』には含まれている。

引用・参考文献

Bellow, Saul. *Dangling Man*. New York: The Vanguard Press, 1944.

——. *The Victim*. New York: The Vanguard Press, 1947.

——. *Seize the Day*. New York: The Viking Press, 1951.

——. *Mr. Sammler's Plane*t. New York: The Viking Press, 1970.

——. *It All Adds Up*. New York: The Viking Press, 1994.

Blech, Benjamin. *The Complete Idiot's Guide to Understanding Judaism*. New York: Alpha Books, 2003.

Cohen, Abraham. *Everyman's Talmud*. New York: Schocken Books, 1949.

Crane, Stephen. *Maggie: A Girl of the Street*. New York: The Modern Library, 2010.

Cronin, Gloria L. & Siegel, Ben eds. *Conversations with Saul Bellow*. Jackson: UP of Mississippi, 1994.

Dreiser, Theodore. *Sister Carrie*. New York: The Modern Library, 1927.

Drucker. Peter F. *Managing the Nonprofit Organization*. New York: Harper, 1990.

Hemingway, Ernest. *The Complete Short Stories of Ernest Hemingway*. New York: Charles Scribner's Sons, 1998.

Howe, Irving. *World of Our Fathers*. New York: Harcourt Brace Jovanovich, 1976.

Miller, Arthur. *Death of a Salesman.* Middlesex: Penguin Books, 1949.
Sachar, Howard M. *A History of the Jews in America.* New York: Alfred A. Knopf, 1992.
Williams, Tennessee. *A Streetcar Named Desire.* Middlesex: Penguin Books, 2003.
佐川和茂『文学で読むユダヤ人の歴史と職業』彩流社、二〇一五年。

第三章　ソール・ベローのブレイクスルー
――レイシズムを超える『オーギー・マーチの冒険』のケアの倫理

井上亜紗

1　はじめに

ジョージー・マーチー、オーギー、サイミー
ウィーニー・マーチー、みんな、みんな、ママが好き（一）

一九五三年に発表されたソール・ベロー（Saul Bellow 一九一五―二〇〇五）の『オーギー・マーチの冒険』（*The Adventures of Augie March*）には、最初のページに二行の歌が目を引くように記されている。楽しそうに家族愛をうたう子どもらしい声が示され、明るく幸福感に満ちた雰囲気を印象付ける。

しかし、このマーチ家の実情は決して順風満帆なものとは言えない。一家はシカゴに住むユダヤ系の移民で、父親は妻子を残して蒸発している。母親は慣れない土地で三人の幼い子どもたちを抱えているが、眼の病で失明寸前の状況にある。他にはローシュおばあさんがいて、この家で采配をふるって君臨してはいるが、今やひとりで歩くこともままならない。さらに、末の息子は先天的な知的障害者である。上述した愛にあふれる家族の行進曲（マーチ）は、その彼が「障害によりこわばった足どりで行ったり来たり、足を引きずるように走りながら歌った」ものなのだ（一）。言い換えれば、冒頭の歌で前景化されているのは、ケアを必要とする人びとの記憶である。

これまで、この作品のケアへのまなざしは注目されることがなかったが、ベローのブレイクスルー小説という本書の性格からは、軽視できない主題である。『オーギー・マーチの冒険』はベローにとって、飛躍と突破という二つの意味においてブレイクスルー小説として位置づけられ、きわめて楽観的なイメージでとらえられてきた（Kellman 三二）。同書は新しいアメリカ小説の金字塔としての評価を獲得し、ベローの名を全米に知らしめ、ノーベル文学賞を含む数々の文学賞受賞へと至るその後の大躍進の端緒となった。レスリー・フィードラー（Leslie Fiedler 一九一七―二〇〇三）らアメリカの批評家はもとより、サルマン・ラシュディ（Salman Rushdie 一九四七―）やマーティン・エイミス（Martin Amis 一九四九―）など、イギリスの著名な作家たちも、これは比類なき偉大なアメリカ小説だと絶賛してきた。実際に、この作品は出版当初から、いわゆる「偉大なるアメリカ小説」の代表とみなされている作品――マーク・トウェイン（Mark Twain 一八三五―一九一〇）の『ハックルベリー・フィンの冒険』（*Adventures of Huckleberry Finn* 一八三五）やスコット・フィッツジェラルド（F. Scott Fitsgerald 一八九六―一九四〇）の『グレート・ギャッツビー』（*The Great Gatsby* 一九二五）など――と並べて論じられてきた。たしかに、父親不在の主人公の奮闘、あるいは移民の子の成長ぶりを通して、旧世界から離れたアメリカという国の躍動を読み取ることができる作品である。ケアの問題よりも、主人公の冒険心やたくましさこそが、第二次世界大戦後のパクス・アメリカーナの勢いに夢を託す幅広い読者の共感を得たことは想像に難くない。

一方、既刊の二つの小説と対照的なその作風もまた、作家ベローにとってはブレイクスルーだった。一作目の『宙ぶらりんの男』（*Dangling Man* 一九四四）には苦しみを声にすることの虚しさが、[1] 二作目の『犠牲者』（*The Victim* 一九四七）ではユダヤ系のアメリカ人とワスプとの相互理解の難しさが示されていた。いずれも行き場のない苦悩が小説全体を暗く覆い、その閉塞感は主人公の限られた行動範囲にも表れている。だが、ベローの三作目となるこの小説では、次から次へと襲いかかる苦難も、跳ねのけられないような重苦しさを帯びてはいない。主人公の行動範囲も広く、アメリカ大陸を北へ南へと動き回り、ついには物語の終盤でヨーロッパを駆け抜ける姿が印象的である。そして、この軽快で自由闊達な基調は、これまでになく楽しげでリズミカルな文体によって支えられている。

作風の変容については、ベロー自身が執筆しながら自覚していた。一九九八年に、ベローと同じくユダヤ系のアメリカ人作家フィリップ・ロス（Philip Roth 一九三三―二〇一八）によるインタビューを受けた際に、当時を振り返り、この小説を書くことで獲得した開放感に言及している。それまでは「ロシア系ユダヤ人の子として、英語で書くための説得力や信頼性、適性を確固たるものにしなければならない」というプレッシャーを感じ、いつも書きながら重苦しく憂鬱な気持ちに追い込まれていたという。それが、「どうしてそんなことが起こったのかは全く分からない」のだが、『オーギー・マーチの冒険』の執筆によって「確実に一変したのだ」と述べている（Scheme 七六）。

この作品の執筆がベローに新境地の獲得をもたらし、ユダヤ系という出自ゆえの苦しみからの解放を可能にしたのはなぜだろうか。それを紐解く前提として、まずベローが抱えていたプレッシャーの原因を確認しておきたい。ベローは後に、作家志望のユダヤ系移民に向けられた差別の経験を語っている。彼は、大学入学時に教員からユダヤ系移民の子が英文学を理解することの不可能性を指摘されて、不本意ながら社会学専攻に進まざるを得なかったという（Sutherland 五二五）。彼は、『オーギー・マーチの冒険』出版の同年にアイザック・バシェヴィス・シンガー（Isaac Bashevis Singer 一九〇三―一九九一）の『ばかものギンペル』（*Gimpel the Fool*）の英訳を出している通り、イディッシュ語に通じていたし、幼少期にカナダに住んでいたこともあってフランス語も理解していた。それでも、アメリカで教育を受けて、英語で書かれた小説を読んで育ったベローにとって、書くための第一言語は英語だった。にもかかわらず、ユダヤ系移民というアイデンティティが、英語で小説を書く作家というアイデンティティへのハードルとなっていたのである。そして、ケアが必要な人々の物語であるこの小説が、知らず知らずのうちに作者自身のセルフケアを施したと言うことができるだろう。言い換えれば、この作品は、ベローがレイシズムとの葛藤の末に生み出したブレイクスルー小説であり、差別を乗り越えようとする模索の成果なのだ。主人公のオーギーはユダヤ系の少ない地域に育ち、友だちから差別され迫害を受けることが日常茶飯事だった。しかし、彼は他者との対立を免れ、しなやかにレイシズムをかわしていく。これは、彼が痛みをもつ者たちに囲まれ、ケアする者とケアされる者の可逆性を常に目の当たりにしてきたことと無関係ではない。定式化された対立関係から解放されているオーギーのこの能力について、彼をとりまくケアの関係の可逆性と宙ぶらりんの倫理に注目し、レイシズムからのブレイクスルー小説として『オーギー・マーチの冒険』を考察する。(2)

2　ケアする者とケアされる者の可逆性

物語の中心に据えられているマーチ一家で、この家族をケアする役目を一手に担っているのはローシュおばあさんのようである。オーギーたちに読書を教え、教養を与え、紳士としての心構えをしつけながら、彼らの母親が福祉手当を受けられるように策を練っている。しかし、おばあさんといっても、実はローシュおばあさんには一家との血の繋がりがなく、マーチ家の間借り人に過ぎない。また、ポグロム（ロシアでの反ユダヤ主義に起因する大虐殺）から逃れてアメリカに渡ってきたユダヤ系の移民で、夫に先立たれた後、遠くに住む息子たちからは倦厭《けんえん》されており、居場所は貧しいマーチ家の中にしかない状況にある。おばあさんは知恵や才覚により福祉手当支給の手筈《てはず》を整えるなど、マーチ家の「生活を軌道に乗せる」担い手（九）だが、老齢による身体的介護が必要で、出歩く時にはオーギーたちの肩を借りるほかない。ここではケアをする側とケアを受ける側の関係は決して一方向ではない。知的障害のあるジョージーに身の処し方を諭《さと》しながら彼をわが身に「抱きつかせ」、「おばあちゃまが好きなんだね」「だれが親切にしてくれるか知っているね」とあやすように語りかける（八）口ぶりを見れば、ローシュおばあさんがケア、するとともにケア、されている、のは明らかである。つまり、マーチ家では、だれがケアする側でだれがケアされる側なのかは、常にその時々の個別の関係性のなかで規定されるに過ぎないのだ。

一般的に、大家と間借り人との関係では、住まいの提供について決定権のある大家側に権力が集中する傾向にある。一方、マーチ家では、間借り人であるローシュおばあさんが大家一家を支配するような強い発言権をもっていた。したがって、オーギーら息子たちにとって、母レベッカは、大家でありながら他人に「自らの権力を明け渡した」かのように映る（九）。しかしながら、そもそも金銭の授受および余剰空間の共有という点を考えれば、両者の関係については経済的物理的な相互依存が前提となっているはずである。マーチ家のケースは、ケアの関係のクローズアップを通して、大家と間借り人の共生が本来的に相互依存によって支えられている現実を照射している。メナンド・ルイは、この小説の主題は「自己が他人によって定義づけられる落とし穴の危険性」であると指摘する（Menand 七五）が、個人を定義化しステレオタイプに落とし込む暴力に抵抗するには、あらゆる役割の画定《かくてい》を揺るがす必要がある。それが最も鮮明に示されるのが、常に立場が逆転する可能性を内包するケアの関係なのだ。

ローシュおばあさんは、マーチ家のいわば内なる他者ともいえる。家の中に住まう赤の他人であり、マーチ家の面々には思いもつかないような知恵をもって一家に働きかける。彼女はかつてオデッサで裕福な暮らしを送っていたらしく、ロシア語のほかに、フランス語やドイツ語などにも堪能である。彼女の発想や指導は、オーギーたちをときには圧倒し、ときには反発を生むことになる。だが、オーギーがかなり大きくなるまで血縁関係にないとは知らなかったと明かしていることが示すように、彼女はマーチ家で家族同然に扱われていた。歯磨きや洗髪といった日常的な生活習慣から、学校の成績表を持ち帰ることなど、子どもたちへのきめ細やかな家庭教育を彼女が一手に引き受けていたことを考えれば当然である。ローシュおばあさんは、疑似家族の一員としてマーチ家と一体化しながらも、同時に他者として積極的な攪乱《かくらん》を起こし続け、一家の暮らしをけん引してきたのである。すなわち、マーチ家では相互依存的で可逆性のあるケアの関係が媒介となって、他者との境界もまた常に流動化しているのである。

ここで示されている大家と間借り人との関係は、この家の外の縮図となっている。マーチ家はシカゴのスラム街にあるが、ユダヤ系移民はこの地域ではほんの一握りしかいないマイノリティである。イースターやクリスマスになると、あたり一面の家の扉が飾り付けられつけられる光景を、幼いオーギーが違和感を抱きつつ眺めていた記憶が記されている。ただし、ポグロムを経験したローシュおばあさんから、非ユダヤ人に近づく危険性について警告されても、オーギーはものともしない。近所のどこの「台所」にも磔《はりつけ》にあったキリストの絵がかけられていたという記述（一〇）もあり、彼がカトリックのポーランド系移民の家に出入りしていたことが読み取れる。また、遊び仲間がある日突然敵となって、「キリスト殺し」と叫んで攻撃してくる場面に何度も出くわし、「石を投げられ、噛みつかれ、叩きのめされる」ことも「日常茶飯事」だった（一〇）という。だが、逆説めくが、迫害してくる相手がときには彼の「友だちや遊び仲間」であったという事実は、オーギーと他者との境界はたえず崩される余地を含んでいたことをも意味する。「この不思議な運命に生まれついたことでくよくよして参ってしまうなんて、ぼくの柄ではなかった」（一一）と言ってのけている。彼は襲いかかるレイシズムによる萎縮や無力化から免れているのだ。

スラムの住民たちは、それぞれルーツが違えども貧しく身を寄せ合うように暮らしており、オーギーにとって、彼らとの敷居は低い。実際に、彼は非ユダヤ人と喧嘩し対立することがない。ユダヤ対非ユダヤという対比で人間関係をとらえていないのだ。兄サイモンがアイルランド系と喧嘩し、黒人と衝突する場面がいくつも描かれているのとは対照的である。もちろん、オーギーもユダヤ人差別の惨劇は知っていた。廃品を集めて売ることで生計を立てている東欧系ユダヤ移民の老人からも、ロシアでのポグロムの話を聞いていた。だが、たとえば虐殺後にも冒涜《ぼうとく》されたというユダヤ人の死体のイメージは、アメリカで華やかな暮らしを謳歌している裕福なユダヤ移民たちのイメージと並べられて記憶されている。貧しくも敬虔な東欧系移民の老人たちが、芝居を見に行くかのように着飾ってシナゴーグに行くドイツ系移民に反感を抱いていたことを覚えているからである。老人たちにとっては、ユダヤ人差別を免れるために「卑屈にも」ユダヤ人らしからぬ振る舞いを示す人々に対する許し難い思いがあった。一方、オーギーにはそのような敵愾心はない。非ユダヤ人との摩擦だけでなくユダヤ人同士のあいだの軋轢《あつれき》の存在を認識し、ユダヤ人に対する非ユダヤ人という定式化された他者像を結ぶことから免れていくのだ。

3　生き延びるための倫理

ケアの関係は自他の境界をなし崩しにしているだけではない。定式化された倫理感をも攪乱し、生き延びるためのタフな底力を育んでいる。オーギーは、ローシュおばあさんをイタリアの政治家マキャベリ（Machiavelli 一四六九－一五二七）にたとえる。目的のために手段を選ばず、ときには反道徳的な策略を用いてでも様々な難題を切り抜けようとするその手腕を指すものだ。ローシュおばあさんは、診療所や福祉事務所で手当を得るために嘘をつくよう子どもたちを事前に訓練して、一家を助けてきた。だが、その一方で、サイモンとオーギーに立派な人物になるよう何度も言い聞かせ、紳士のふるまいをするよう導き、「エールレッフ（ehrlich）であること」の大切さを何度も言って聞かせてきた（八）。「エールレッフ」とは、イディッシュ語で「正直な」「高潔な」という意味を指す。子どもたちに嘘を言わせることを厭《いと》わないマキャベリアンのローシュおばあさんが正直さを説くのは一見滑稽でもあるが、それが生きるための処世術であったことを考えれば、嘲笑することはできない。マーチ一家が生き延びていくよう、状況に即して臨機応変に最善を尽くしたのだ。

このローシュおばあさんがオーギーたちの前から姿を消すのも、ジョージーを障害者施設に送り出した後である。自分自身の老化も進み、母レベッカの病状も悪化してほぼ失明の状態にあり、一家がジョージーのケアをすることは不可能だった。しかも当時は、障害者は強制的社会隔離の対象者だった。(3) これから自分の人生を歩んでいく若きサイモンとオーギーのことを考え、彼女がジョージーを施設に入れる手配をしたのである。そして、子どもたちはローシュおばあさんへの敬意や信頼を失い、相互依存のケアを中心に保たれていたマーチ家のバランスは崩れ、おばあさんは居場所を失うことになった。

この後、家庭生活にぽっかり穴が開いてしまった。まるで、これまでの家族結合の主要な基礎がジョージーのケアにあったかのようだった。そして今や一切が均衡を失った。ぼくたちは別々の方角に目をやるようになり、おばあさんは自ら墓穴をほってしまったのだ。(六一)

その後すぐに彼女の認知症が進み、マーチ家を出て養老院に入ることになるのは偶然ではない。ジョージーを送り出すことが最善と考えて、マキャベリアンとしての最期のつとめに自ら悪役を引き受けたのだ。レイシズムを何とか生き延びてきたローシュおばあさんのケアの倫理の表れだったことは疑いない。

当初、ベローはこの小説に『マキャベリアンたちに囲まれた生活』(*The Life among the Machiavellians*)という題名を考えていたという。オーギーがローシュおばあさんを「彼が幼かった頃、周囲にたくさんいた路地裏のマキャベリアンたちの一人」(一二) と呼んでいるように、この小説には、他にも多くのマキャベリアンが描かれている。ウィリアム・アインホーンもその一人である。アインホーンは有能な実業家だが、足が不自由で、手は使えるものの非力で車いすを動かすことはできない。オーギーは彼のもとで働くことになる。障害を抱えていた弟の身の回りの世話をしていた経験が役に立ち、文字通りアインホーンの「手足として働き」、彼にとって「エッセンシャルな存在となる」（六四）。オーギーは彼の身体的なケアをする役目上、アインホーンが眺める広い世界を共に覗くことになった。やはり、アインホーンとの関係においても、ケアするものとケアされるものとの関係は一定ではないのだ。彼は「父親のように接することはなかったが」（七六）、オーギーの行動に目を光らせ見守っていた。ケアの倫理の重要性に早くから注目していたミルトン・メイヤロフ（Milton Mayeroff 一九二五―七九）は、一九七一年に、「他人をケアするということは、その人が成長し、自己実現を助けることだ」と定義したうえで、その対応には相互の信頼と応変性が重要であると指摘する（*On Caring* 一）。シカゴの裏社会を牛耳るアインホーンから学んだものは、ローシュおばあさんが望んでいたような紳士教育とは程遠かったかもしれない。だが、彼が道を踏み外して盗みを働こうとしていたときには苦言を呈し、非行に走らないように自分の手元に置こうとしている。大学進学を促し、ケアの関係を媒介に密接な手ほどきを行ない、オーギーの視野を広げたのは間違いない。

そして、ケアしケアされる経験のなかでオーギーが身につけてきた倫理感は、差別と向き合う際の矜持《きょうじ》として発揮されており、彼のまなざしは心身に傷を受けた上に差別される者たちに向けられていることがわかる。レンリング夫妻はオーギーのユダヤ系の出自を社会的ハンディと見て、救い出す手を差し伸べようとした存在である。彼らは高級スポーツ用品販売業を営んでおり、販売係として雇ったオーギーが上流階級に受け入れられるよう身のこなしを教え、服を誂《あつら》え、贅沢な思いをさせてきた。さらに、社会的成功を手に入れるべく彼らの養子になるよう申し出るが、オーギーはこれを断っている。彼がその決意を固めたのは、夫妻がオーギーの母レベッカの存在を軽視していることがわかったときであり、ここにオーギーにとって譲れない倫理感の輪郭を見ることができる。

この倫理感がより前景化されるのは、ミミ・ヴィラーのケアにおいてである。ミミは、オーギーが大学時代に住んでいた寮の隣人である。彼女が妻子ある同級生の子を身ごもって中絶をした際に、オーギーは病院に付き添って看病を続ける。婚姻外妊娠をした女性は不道徳として差別の対象だった上に、中絶も違法だったため、ミミは自暴自棄の処置をして命を落としかけてしまう。オーギーは資産家の娘との結婚を控えており、ミミの傍《そば》にいればそれが破談となってしまうことは理解していた。だが、隣に住む友人が結婚もかなわず中絶で心身ともに苦しんでいる傍らで、経済的安定を意図した結婚の話を前に進めることはできず、彼女のケアを選択するのが彼の倫理だった。

そして、ケアを選んだことにより、彼は兄のような結婚を免れる。オーギーの婚約相手はサイモンの妻の従妹であり、この成婚は兄のサクセスストーリーを追いかけることを意味していた。だが、オーギーにとって兄の結婚式の記憶の中心にあったのは、今までに見たことのない母の姿だった。サイモンは母の視覚障害を恥じ、式場で白杖を隠すように促したが、母は凛としてそれを拒絶し、「金は人をメシュガー（meshuggah）にする」とこぼしたのだ。「メシュガー」とは、イディッシュ語で「狂愚である」様子を意味する。サイモンは、「ママ、その杖をよこしてよ、お願いだから！（for Chrissake!）」（二六二）と頼んでいたのだ。すなわち、自らのルーツを貶《おとし》め、キリスト教徒の言葉を口にして、ユダヤ人の母の身を支える杖を自分の見栄のために取り除こうとしていたのである。だから「メシュガー」という言葉は母の倫理感の表明だった。そして、社会的成功を追い求めて障害を侮辱し、レイシスト側に立ってみせた兄の姿は、オーギーの目にも「メシュガー」に映っていたことがわかる。レベッカが「贅沢なラウンジの方をぎらぎらと怒ったような目で睨みつけた」とき、オーギーはこの意思表示を賛美し、「どっしりと背筋を伸ばして座っていた」母の誇り高い姿を描いている（二六三）。ケアの関係のなかでオーギーの前に可視化されたのは、家族の内側にも侵食してくる根深い差別であり、差別を乗りこえて生き延びることをめぐる倫理だった。そして、差別に抵抗する行動として、ケアの実践に光が当てられていたのである。

4　エグザイルたちの混交と宙ぶらりんの倫理

生き延びていく困難さや障害を乗りこえる手がかりとしては、マイノリティの混交への信頼もまた、この小説の中に見出すことができる。それはオーギーが進学した市立大学の描写に示されている。学生の多くは貧困層の出身だった。犯罪多発地区、リトルシシリー、ブラックベルト、ポーランド人区域、ユダヤ人街など、列挙された出身地区から、彼らがレイシズムを受けて育ってきたことが示唆されている。そして、そのハンディをはねのけ、むしろ異なる性質や知恵を携えて「アメリカ人になる」という意識のもとに集まったこの「混交」に、オーギーは「調和のとれた美」を見出している（一三五）。さらに、マイノリティが社会的困窮を脱却するための力をつけることへの共感と協同の精神は、オーギーが卒業後に就いた職にも発揮される。大卒の学歴を有しながら労働者の言葉をも解するという理由から、未経験にもかかわらず労働組合運動のオーガナイザーに抜擢されたのだ（三一四）。黒人や移民たちの悲鳴を聞き、高等教育を受けた知性をもってエンパワメントにあたる。オーギーは「生まれながらの聞き役」（七六）だと自認していたが、彼には人種を問わず社会的弱者の声に耳を傾ける才覚が備わっていたことがわかる。それは、ケアの関係を通して様々な社会階層に縦横に出入りしてきた彼が身につけたものだった。

彼が心を寄せる弱者には、傷つけられやすいあらゆる生きものが含まれる。ワシを使ったイグアナ狩りで一儲けすることを目論《もくろ》む恋人シーア・フェンチェルに狩りの助けを求められてメキシコにいた時に、彼が仲間意識をもっていたのはエグザイルたちだった。メキシコの国際村には各国から諸事情を抱えた様々な人々が集まり、人種をめぐる対立を内包しながら常に一触即発の状況を呈していた。この異空間で、オーギーは彼らとの連帯感を覚えていた。安定した居場所を見つけられない者や攻撃を受けやすい者たちに共感せずにいられないのだ。暗殺される直前のロシアの革命家トロツキーを、浮浪者たちが溢れるメキシコの街路で見つけた際にも興奮して、「エグザイルとは最高のものへの執着のしるしだ」(四〇七)と述べている。[4] シーアがエグザイルの面々を嫌っているのとは対照的だ。オーギーとシーアはもともと方向性が違っていた。シーアは自由と強さの象徴であるワシを人間が手なずけて支配し得る力に期待したが、オーギーは生息地を離れて檻の中で自由と強さを失っていくワシの弱さに心を寄せている。[5] 英文学者の小川公代は文学的な視座を通してケアの倫理を鍛える作業をすすめているが、ケアの倫理を抽象的な概念ではなく「目の前の状況を敏感に感じ取る能力、生き物に対する気づかい、真の共感を要する倫理」と捉え、「なんらかの点で傷つけられやすい立場にある存在者」の苦しみを甘受することをケアの倫理の実践としてみている(「ケアの倫理とエンパワメント」九五)。あらゆる他者の弱さや痛みに対するオーギーの共感はケアの実践であり、これが自他を生かす手がかりとなる。文化や意見を異にする他者たちとの交流のなかでオーギーが対立を免れるのは、彼らの負っている傷を敏感に感じ取る力をもっているからだ。

その力の真価は、戦時中の船舶の中という不穏な閉鎖空間で示される。洋上で船が沈められたニュースも伝えられ、船員は不安を抱えていた。結婚して日の浅いオーギーもその一人だったが、危険と隣りあわせのなかで、様々な人種の船員たちの心のケアをつとめるようになる。

やがて、ぼくが不運の物語や個人的な歴史、不平不満に耳を傾ける聞き手で、アドバイスを与えてくれる男だという評判が伝わり、そのうちに毎日クライアントがくるようになった。もはや占い師みたいだった。いやあ、報酬をもらったってよかったよ！（五三七）

ただの聞き役にとどまらず、アドバイスを与えるオーギーは、船員たちの「船上の腹心の友」あるいは「あたかも専門の精神分析医」としての役割を担っていた。恐怖や不安で極限状態にある彼らの心に幾ばくかの平穏をもたらしたのは、どのような力であろうか。

イギリスの精神科医ウィルフレッド・ビオン（Wilfred Bion 一八九七―一九七九）は、患者の診断には先入観などのバイアスを回避する「不知」の姿勢が重要だと考え、『注意と解釈』（*Attention and Interpretation* 一九七〇）で、ロマン派の詩人ジョン・キーツ（John Keats 一七九五―一八二一）が提唱したネガティヴ・ケイパビリティの再評価を行なった。キーツは早くに両親を失い、最愛の弟を看病の末に結核で失っていた。ネガティヴ・ケイパビリティとは、「事実や理由を性急に求めることなく、不確かさ、不思議さ、懐疑の中にとどまっていられるときに表れる能力」（二七七）を指す。医師を志した時期もあったキーツが見出したこの能力は、判断を宙ぶらりんのままにしておく度量を必要とするが、これをオーギーに見ることができる。船員の話を聞いても価値判断を下すことは避けている。また、船が魚雷を受けて撃沈していく中で、彼は自分の命を脅かした「狂人」を個人的な因縁を迷わず棚上げして助けている。錯乱した男に殺されかけるが、相手が熱を出して寝込んだために看病せずにはいられず、そのうち復讐心も失せて憐《あわ》れみすら感じてきたという。

誰かの心身の傷を癒し生命を救うことを優先し、判断を留保して広い視野で望む倫理観は、オーギーがエグザイルたちとのケアの関係を通して、ついに自らの軸として認識したものである。彼はワシ狩りの事故で頭蓋骨を骨折し、手術で何とか命を取りとめたときに、「人生の中軸線」の存在を感じ取ったと宣言している。「真実、愛、平和、豊かさ、調和」などと表現されているが、その内容は漠然としていて本人も言葉にし難《がた》い。それは「その中軸線の上で自分を成り立たせたい」(四九四)と述べているように、具体的な言葉に置き換えることを阻む、度量の大きい倫理である。自らが傷を負い、シーアに愛想をつかされたあと、多様な価値観をもったエグザイルたちに囲まれ、ケアの関係のなかで生き延びたときにつかんだ線なのだ。そして、一つの絶対的な正しさというものを信頼しないこの宙ぶらりんの倫理が、固定的なステレオタイプを本質とするレイシズムをはねのける原動力になって、自己表明ともいえるこの回想録を貫いていたのである。

5　むすび

ぼくはアメリカ人、シカゴ生まれ。シカゴ——あのくすんだ街。自分で身につけた通り、フリースタイルでいく。ぼくのやり方で記録していくつもり。叩けよ、さらば開かれん、ってね。無邪気なノックもあれば、あんまり無邪気じゃないのもある。（中略）ドアに響く音を工夫したり、指の関節に手袋をはめたりしても、結局ノックの本性をごまかしようはない。（一）

ここであらためてこの回想録の書き出し部分を確認してみよう。主人公オーギーは自らの生い立ちを綴り始める前に、アメリカ人である旨を高らかに宣言している。この「オーギーとベローの独立宣言」（Gordon 一三三）からは、ジャブを打ち、スポーツさながらに軽やかに飛躍する若者の姿が目に浮かぶ。しかし、様々なノックへの言及は、逆説的に、これまでに現れたいくつもの閉ざされた扉との遭遇を露呈している。(6) この回想録には、ユダヤ系移民が自分の半生を振り返って、「アメリカ人」というアイデンティティを前面に掲げるに至るまでの葛藤が示唆されていたのだ。

この作品については、筋の一貫性の欠如が指摘されてきた。特に前半と後半が接続していないという批判もある。一方、半生を辿る回想録に時系列以外の統一的な枠組みを期待すべきではなく、ピカレスク小説ならではの自由奔放な書きぶりを評価する声も少なくない。確かに、それぞれのエピソードの連続性には疑問が残るが、これまでに見たように、レイシズムを乗り越えて互いに生き延びていくためのケアの関係が、明らかに一貫して主題化されている。終盤には、いよいよヨーロッパを舞台に、より広い視点でレイシズムからの解放が描かれる。ハロルド・ミントーチャンはアメリカに逃れてきたアルメニア人の弁護士で、彼もまたレイシズムの被害者である。(7)ヨーロッパの闇市場での取引をオーギーに任せており、傷を負ったマキャベリアンの一人でもあるし、ケアの関係の可逆性もやはり前景化されている。彼の妻は寝たきりの病人で、彼は毎晩病室に通っているが、妻は病床にいながら夫をケアしていたのだ。「いつも夫のことを考えているから、病室を出なくてもハロルドのことは何でもわかっている」と言い放つ。病人とは思えぬ妻の威厳に満ちた態度と対照的に、夫の弱さが印象的に描かれている。オーギーは、レイシズムの被害者たちに光を当てながら、ケアする者とされる者の立場の定式化を斥《しりぞ》ける関係性を記憶の中から救い上げて、一つ一つ紙面に連ねる。

そして、この回想録の最後に据えられたのはメイドのジャクリーンである。彼女の人種は明らかにされず、差別を受けてきた痕跡《こんせき》に焦点があてられている。雇い主とメイドの関係だが、彼女は異国で暮らすオーギーたち夫妻の生活を支えており、既にみた大家と間借人の関係と同様に、相互依存的なケアの関係にある。彼は当然のごとく大荷物を抱えて帰省する彼女を車で送る役を引き受ける。車のトラブルにより、二人は寒さで凍る雪道を何キロも歩くことになるが、互いに歌を歌って励まし合いながら険しい道のりを進んでいく光景が、本稿ではじめに紹介した冒頭の行進曲と照応していると読み取ることに無理はないだろう。二人を鼓舞した『ラ・クカラーチャ』(*La Cucaracha*)すなわち、『ゴキブリ』と訳し得《う》るこのメキシコ民謡は、足のない二匹のゴキブリが前に進もうとする様を面白おかしく歌ったものだ。多くの替え歌も存在するが、一九二〇年代のメキシコ革命時に敵味方を問わず兵士に笑いを与えたことで有名になった。オーギーは、「暴力を受けてばかりいる」ジャクリーンの「グロテスクな」容姿(五八三)を見つめ、「虐待にあってきた」(五八五)辛苦に思いを馳《は》せ、共感を寄せている。「ケアにおいては、相手を自分と分離した他人として認識すると同時に、自分と一体のものとして認識する、という経験をする」(メイヤロフ 四六三)。ジャクリーンとのケアの関係のなかで、オーギーは傷ついた二匹のゴキブリに彼女と自分の姿を重ね、苦難を歌で笑い飛ばすことができ、前に進む力を得たのだ。だからこそ、この場面が、この小説におけるブレイクスルーの象徴として最後のページに刻みつけられたのである。

ベローはこの小説に出会うまで、『蟹と蝶』(*The Crab and the Butterfly*)の執筆に取り組んでいたが、入院患者を主人公としたその作品に取り組みながら、ベローは苦悩を訴えていた。ユダヤ系の移民が英語の小説を書く適性あるいは正統性に対する不安を抱え、奨学金獲得に奔走し続ける生活と苦闘していたのだ。ストレスで食べ物もとれず、体重も減っていた。レイシズムを発端とした病と対峙していた中で見いだされたのが、傷を負った者と人種というカテゴリーを超えて連帯して前に進むこの作品だった。『オーギー・マーチの冒険』では、可逆性と宙ぶらりんの倫理に裏打ちされたケアの実践がレイシズムへの抵抗として位置づけられ、傷を負いながら互いに依存し合って生き延びてきた者こそがもつ、広くやわらかな視野への賛歌がうたわれていたのである。

註

（1）『宙ぶらりんの男』における声をあげる困難さは、以下の拙論で論じた（"The Struggle for a Voice in Saul Bellow's Dangling Man." *Journal of the Graduate School of Humanities* 二〇一九）。

（2）これまで注目されてこなかったが、ベローとケアの問題は決して無縁ではない。妻アニタは一九三〇年代後半にシカゴ大学で社会福祉学を専攻していたが、長男のグレッグによると、彼女の学期末試験レポートのほとんどをベローが書いていたという。また、ベローは公共事業促進局（WPA）で働いていた経験がある。

（3）ホロコーストで障害者も抹殺の対象とされたように、その差別意識は人種問題と通底している。アメリカでも、十九世紀半ば以降に全米各地でいわゆる「醜陋《しゅうろう》法」（Ugly Law）によって障害者は合法的に差別され、公衆の面前から遠ざけられていた。シカゴで同法が廃止されたのは全米でも遅く、一九七四年まで続いた。

（4）ロシアの革命家レオン・トロツキー（一八七九―一九四〇）については、ベロー自身が実際に会おうとしていた最中にメキシコで暗殺されたため、彼の死体に対面することになったという逸話が知られている。

（5）ケアの倫理の概念を動物にも拡大して取り入れることは強引な議論ではない。アメリカの比較文学研究者ジョセフィン・ドノヴァン（Josephine Donovan 一九四一－）らも、フェミニズムの視座から動物の権利擁護を唱えるにあたって、ケアの倫理の概念を再評価している。

（6）「叩けよ、さらば開かれん」は「マタイ伝」の言葉で、神に祈り努めれば、門は開かれるという意味をもつ（新約聖書 第七章）。なお、この作品は出版の四年前に一部が『パルチザン・レビュー』誌に掲載されたが、その際には「どんな種類のノックが出てくるのか。自分でも知りたいと思っている」と書かれていた。出版にあたって、ノックに対するオーギーの主体性が強められ、扉を開こうとする意志が前面化している（Bellow, Saul. "From the Life of Augie March." *Partisan Review*. 16 (1949)）。

（7）二十世紀初頭に起きたアルメニア人大量殺戮および強制移住などの迫害について、アメリカでは歴代の大統領もジェノサイドという言葉で表現している。

引用・参考文献

Bellow, Saul. "I Got a Scheme!" *New Yorker* (2005): 77.

——. *The Adventures of Augie March*. 1953. New York: Penguin, 2006.

Bion, Wilfred. *Attention and Interpretation*. Routledge, 1970.

Gordon, Andrew M. "Psychology and the Fiction of Saul Bellow." *Critical Insights: Saul Bellow*. Ed. Allan Chavkin. Salem P, 2012.

Keats, John. *The Complete Poetical Works and Letters of John Keats*. Cambridge, 1899.

Kellman, Steven G. "Bellow's Breakthrough: The Adventures of Augie March and the Novel of Voice." Aarons, Victoria. *The Cambridge Companion to Saul bellow*. Cambridge, 2017.

Leader, Zachary. *The Life of Saul Bellow: To Fame and Fortune, 1915-1964*. New York: Knoph, 2015.

Mayeroff, Milton. *On Caring*. New York: Harper & Row, 1971.

Menand, Louis. "Young Saul." *The New Yorker* (2015).

Sutherland, John. *Lives of the Novelists: A History of Fiction in 294 Lives*. Yale UP, 2011.

小川公代「ケアの倫理とエンパワメント」『群像』七五、二〇二〇年十二月号、八九―一一三。

第四章　アーサー・ミラーの『焦点』における差別の構造

鈴木久博

1　はじめに

アーサー・ミラー（Arthur Miller 一九一五―二〇〇五）は、ユダヤ系移民である両親のもとでマンハッタンに生を享《う》けた。大学在学中から戯曲を書き上げ、生涯を通じても数多《あまた》の演劇作品を発表している。ミラーの作品は社会からの圧力や束縛の中で生きる人間の姿を描き出しており、代表作『セールスマンの死』（*Death of a Salesman* 一九四九）でも、資本主義社会制度の枠組みの中で、人間として真摯《しんし》に生きるべき道を模索しつつ、運命に翻弄される主人公の姿が描かれている。

ミラーは自らのユダヤ系としてのアイデンティティを十分認識しており、ユダヤ人が人間として尊厳をもって扱われることを求めた。それが端的に表れているのが、第二次世界大戦終戦間際に、ムッソリーニの熱狂的支持者となっていたアメリカ人の詩人エズラ・パウンド（Ezra Pound 一八八五―一九七二）がイタリアのラジオ番組でユダヤ人殺害の必要性を主張した際の彼の反応である。パウンドはこのことでアメリカへ強制送還され収監されるが、精神異常ゆえに無罪となる。ミラーはこの件について、ユダヤ人抹殺を正当化するパウンドは、同じ罪を犯した他の人々と同様の扱いを受けるべきだと述べ、彼を擁護しようとするアメリカ文学界とは明らかに異なる態度をとったのであった（有泉 二七―二八）。さらに、その見解は自身が支持する言論の自由と矛盾するのではないかと詰問されると、ミラーは、戦時中にアメリカ軍の士気を挫《くじ》こうとそのような放送を繰り返すのは訳《わけ》が違うと述べる。そして、「自分は、間違ったことを支持するパウンドのような者に対してずっと反対してきたし、それが誇りだった」（Miller, *Timebends* 四〇九）とも明言している。

一方、作中におけるユダヤ的な側面については、「ミラーはその作品にユダヤ性をあまり持ち込まないようにしている」（高山 一〇八）と言われている。ただし、反ユダヤ主義については、『ヴィシーでの出来事』（*Incident at Vichy* 一九六四）、『時を奏でて』（*Playing for Time* 一九八〇）、それに『壊れたガラス』（*Broken Glass* 一九九四）といった劇作で扱っている。また、これらに先立って、一九四五年、第二次世界大戦終結の年に発表されたミラー唯一の小説『焦点』（*Focus*）においても、アメリカ社会における反ユダヤ主義を取り上げている。本論では『焦点』について論じるが、この小説は、出版から五十五年以上を経た二〇〇一年に映画化されるなど、その内容は現代でも人々に訴えるものがある。ミラー自身は作品の出版から約四十年後の一九八四年に、「今でもその執筆にまつわる切迫感を感じずにこの小説に目を通すことはできない」(Miller, "Introduction" 一)と述べており、社会に蔓延する反ユダヤ主義に対して非常に危機感を抱いていた様子が窺われる。なお、ミラーは「観客に直接語りかけることができる」(Bigsby, *Cambridge Companion* 二)ことから戯曲を好んだが、『焦点』出版の前年に上演されたブロードウェイ・デビュー作の『幸運を独り占めにした男』(*The Man Who Had All the Luck* 一九四四)が、わずか四回の上演で打ち切られたため、彼は「自分には劇作家としてはまったく希望がないと判断し」(Brater 二四七)、一時的に小説という形式を選択して『焦点』を執筆したのであった。

この小説の舞台は、第二次世界大戦も終焉に近づいていた頃のニューヨークである。アメリカはこの大戦で枢軸国が標榜するファシズムやナチズムと闘ったはずだったが、その一方でこの小説はアメリカ国内におけるユダヤ人差別を描き出している。またミラーは、アメリカ参戦は「連邦政府を密かに操っているユダヤ人勢力によって操作されたためだという考えも決して珍しくなかった」(Miller, "Introduction" 一)と述べ、当時のアメリカ社会のユダヤ人に対する見方を指摘している。さらに、「反ユダヤ主義は、小説の主題としては禁止ではないにせよ、制限されていた話題」(Miller, "Introduction" 一)であり、彼自身が映画『焦点』のＤＶＤの特典映像で述べているように、恐らくそれゆえに、多くの出版社がこの作品の出版を躊躇したと考えられる。しかし、この小説は「アメリカにおけるユダヤ人嫌悪ないし反ユダヤ主義の様相を扱った代表作家によるアメリカで最初の小説」（有泉 二九）であり、この後に全盛を極めるユダヤ系アメリカ文学でしばしば扱われる反ユダヤ主義を先駆けてそのテーマとしたという点で、評価に値すると言える。

この小説のユニークかつ重要な点は、主人公ローレンス・ニューマンの設定である。彼はユダヤ人ではなく、非ユダヤ人のキリスト教徒、ワスプである。節度をわきまえた人物であり、近隣住民たちのように過激な反ユダヤ主義者ではないが、その思想は共有している。そして、彼らとは少なくとも表面上は良好な関係を築き、会社においても相応の立場を得、安定した生活を送っている。ところが、眼鏡をかけるようになることを機に彼の生活が一変するのである。眼鏡をかけることで彼はユダヤ人のように見え、それゆえユダヤ人同様の差別を受け、職場でも私生活でも様々な苦境に陥るのである。しかし、一連の出来事を通してニューマンは覚醒し、最終的には彼は、自らの「ユダヤ人」というアイデンティティを受容するに至る。この小説はユダヤ人差別というテーマを軸に、主人公の成長を描いてゆく。

本論では、ニューマンの変化を具体的に論ずるために、まず、彼が生きる社会における反ユダヤ主義について考察する。次に、彼自身が当初はどのような人物であり、どのようにユダヤ人差別に与《くみ》しているのかを指摘する。その上で、最終的に彼がいかなる変貌を遂げるのかについて論じることとする。

2　ニューマンの住むコミュニティの反ユダヤ主義

ニューマンが暮らしているのはワスプ社会で、反ユダヤ主義的思想を抱いた者たちが住んでいる。通りの一角で、ただ一人のユダヤ人フィンケルシュタインが菓子屋を営んでいるのだが、ニューマンの隣人フレッドはキリスト教右派グループのリーダーで、反ユダヤ集会を企画するなど、彼の追放を画策する。彼はフィンケルシュタインが親族全員をその家に住まわせるつもりで、放っておけばユダヤ人に仕事も奪われてしまうと考えている。また、実際に黒装束に身を包んだフィンケルシュタインの身内がローワー・イースト・サイドからやってくると、フレッドのみならず、その通りの他の住民、カールソンやデポー夫人も嫌悪感を顕《あら》わにしてその様子を注視する。さらに、フィンケルシュタインの店の新聞販売を妨害しようと、フレッドやカールソンはワスプの新聞販売員を毎週日曜日に連れてくる計画を立てる。

なお、フィンケルシュタインがコミュニティの住民から責められたり、彼らの怒りを買うような不正を働いているわけではない。それどころか、彼は父親から聞いた昔話を教訓として、人間として正しく生きている。その昔話では、イツィックというユダヤ人が領主の計略に乗せられて大金を手にすることで人々の怒りを買い、ポグロムを誘発する。そして、彼の近隣のユダヤ人や彼の家族が惨殺されてしまう。フィンケルシュタインは、自分はイツィックのようにはならず、自分のせいでユダヤ人全体が迫害されるような事態を決して招くまいと考えている。彼は「自分はまったく潔白だ、と心の中で思った。何も隠し立てすることも、恥じることもない。（中略）自分はこの国の国民だ。自分は正直な男なのだ」（一六五）と誇らしげに思うのである。

ニューマンの働く会社でも反ユダヤ主義は明白である。そこでは、人材を雇う際にユダヤ人と見ればそれだけで無条件に拒否するのである。実際、ニューマン自身が人事担当で、面接時にユダヤ人を見つけ出し、採用を妨《さまた》げるという職務を担っている。彼は会社の方針としてこの点を怠らぬよう、上司ガーガンから厳しく指示を受けている。ガーガンは、その会社はユダヤ人を雇用するために設立されたのではないと臆面もなく断言する（二四）。

これらの状況から窺い知ることができるのは、ニューマンが生きる社会ではユダヤ人は一律に胡《う》散《さん》臭く、歓迎されざる存在とレッテルを貼られているということである。これは人を人種で区分し、それに従って評価するカテゴリー化である。そして、この小説では、カテゴリー化に際して大きな役割を果たすのがその人物の外見なのである。ニューマンは、面接に訪れた人物が仮に非ユダヤ人であったとしても、その容貌からユダヤ人に見えると不採用としてしまう。

人種とそれに基づいた人物評価というカテゴリー化について、心理学者ジェニファー・エバーハート（Jennifer Eberhardt）教授の見解を紹介しておきたい。エバーハート教授によると、アメリカでは人種的カテゴリーが非常に大きな影響力を持つという。そして、その人種に貼られたレッテルが持つ力は非常に強いため、人々が認識する現実は、実はレッテルに合わせて調整されてしまうというのである（エバーハート 三一―三四）。つまり、人々が例えばユダヤ人に対し、危険だというレッテルを貼ってしまえば、対象となる個々のユダヤ人の個性や違いは認識されなくなり、実際に接している相手がどんな人物であれ、一律に危険な人物であるというステレオタイプ化が生じるということである。その意味では、フィンケルシュタインが抱いている、正直に生きることで迫害を逃れられるという考えはナイーブな幻想にすぎないと言えるかもしれない。たとえ誠実な人物だったとしても、ユダヤ人というカテゴリーに分類され、そこに悪い印象のレッテルが貼られていれば、その人物自身も悪い印象を持たれることを免れ得ないからである。

実はのちにニューマン自身がこのカテゴリー化の被害者となる。彼は人事担当者として面接を行いながら、視力の衰えからユダヤ人女性を採用するという失敗を犯す。彼は上司から眼鏡をかけるよう厳しく指導され、眼鏡を作ってかけたところ、彼自身の顔つきがユダヤ人に見えるようになる。そして、いったんユダヤ人だと判断されると、世間のレッテルに従って彼は胡散臭い存在として扱われるようになるのである。先述したエバーハート教授は『焦点』をお気に入りの小説として挙げ、「すでに抱かれたイメージは取り返すことができなかった。噂は広まり、彼に割り当てられたユダヤ人という新たなアイデンティティを誰も無視することができなくなってしまったのだ」(エバーハート 三八)と、カテゴリー化の影響力の強さを指摘する。このように、ニューマンのユダヤ人に見える風貌が彼の人物評価に直結し、彼は差別の対象となるのである。そして、この件を理由に彼を取るに足らぬ部門に異動させようとする会社の命令に憤慨し、彼は職を辞すのだが、その後の職探しも困難を極め、結局ユダヤ人が経営する会社に職を得ることになる。一方、フレッドを始めとするキリスト教右派コミュニティのメンバーからは、自宅前のゴミ箱を夜間にひっくり返されるという嫌がらせを幾度も受けるようになる。また、のちにニューマンは反ユダヤ集会に参加するのだが、そのような集会の場にいるにもかかわらず、著名なキリスト教聖職者が行なった演説に対して拍手をしなかったことを理由に注目を浴び、その風貌も相俟《あいま》ってユダヤ人だと決めつけられる。いったんそう思われてしまうと、彼が眼鏡を外しても人々の思い込みは変えられない。嘲笑され続け、殴られ、最終的には力ずくで会場から連れ出される。さらに別の場面では、夜、妻と共に映画に出かけた帰り道に暴行を受ける羽目に陥る。

ニューマンが突然差別の対象となり、迫害を受けるようになった主たる原因は、眼鏡をかけることによる彼の外見の変化であり、それ以外の何ものでもない。会社の上司は彼がユダヤ人女性を雇うという失敗を犯すまでは、彼の仕事ぶりを十分評価していたし、彼の仕事に忠実な姿勢もわかっていたはずである。また、コミュニティの住民たちにしても、彼の人格は熟知していたはずである。

確かに彼はキリスト教右派の者たちからすれば、ユダヤ人迫害に対して及び腰で、物足りないという印象を与えていたであろう。しかし、彼が他人に害を及ぼしたり、人の敵意を煽るような人物ではないことは知っていたはずである。つまり、会社の上司にせよ、コミュニティの仲間にせよ、個人としてのローレンス・ニューマンという人物を知り、その性格を十分把握していたはずなのだが、彼がユダヤ人に見えた途端に、彼の個人としての人格は重要性を喪失し、カテゴリー化によって迫害の対象となってしまったのである。

3　ニューマンの当初の人物像

ニューマン自身もユダヤ人に対して、必ずしも快く思ってはいないことは上述した通りである。彼は、「一生の間、自分はユダヤ人に対するこのような嫌悪感を抱いて過ごしてきた」（一四七）と自認している。ただ、近隣住民に比べると、彼の反ユダヤ的姿勢はそこまで強烈ではない。反ユダヤ的な感情が蔓延していて、ユダヤ人を忌み嫌うのが当然な社会に住み続けてきたがゆえに、彼にとってユダヤ人嫌悪は、「食べものに対する好き嫌いと同程度のもの」（一四七）に過ぎず、「それまで決して重要性を持たなかった」（一四七）のである。それゆえに、彼の反ユダヤ主義的姿勢は徹底してもいない。例えば、彼は毎朝通勤時にフィンケルシュタインの店で新聞を買ってゆく。また、フレッドからフィンケルシュタインを通りの一角から追い出すための集会に誘われても、彼は何度もその誘いを断る。また、彼は、自分の住む地域にユダヤ人が増えて勢力を強めるのではないかという恐怖を他の住民と共有しながらも、「しかし彼らにはどこにでも住む権利がある」(五九)とも考えている。

ニューマンの反ユダヤ主義に対する曖昧な態度は、彼のフレッドに対する姿勢からも知ることができる。通勤途中の地下鉄内でフレッドが、ニューマンに対してユダヤ人一掃計画を大声で話し始めると、彼は、「これが彼がフレッドに魅力を感じる点だった。もっと小声で話せばいいのに、と思う一方で、自分が感じていながら敢《あ》えて口にしないことを言うので、どういうわけかそのまま彼に話し続けてほしいと思うのだ」(一七)というのである。その一方で、内心ユダヤ人を蔑視していてもそれを行動に移すことには躊躇するニューマンは、フレッドのことを「頭の鈍《にぶ》いイノシシ」(一六)と軽蔑さえもし、彼が催《もよお》す集会に集まる者たちのことも、「半分は気がふれていて、残りの半分は何年も新しい服を着ていないような恰好をしている」(一八)と嫌悪するのである。会社におけるユダヤ人の雇用阻止という役割も、彼に強い信念があってユダヤ人を差別しているというよりは、単に会社の方針に忠実であろうとする結果のように思われる。

しかし、ニューマンのこのような点、つまり反ユダヤ主義に傾倒しているわけでもないにもかかわらず、周囲に流されて、自己主張ができないことが問題なのだ。ではなぜ彼はそのようにできないのか。そこには、周囲との協調を重んじる彼の性格や仲間意識が働いていると考えられる。クリストファー・ビグスビー（Christopher Bigsby 一九四一―）はこの点について、「彼の人格は他人が作ったものであり、自己の重要性についての感覚も、彼の近所の者たちと嗜好や偏見を共有することで得られるものなのだ」と述べ、ニューマンは「実は明確な自己のアイデンティティを有していない」と指摘している（Bigsby, *Critical Study* 六八）。

このようなニューマンの仲間意識は、特に会社を辞した後に顕著になる。仕事ぶりを評価されて、自らの存在意義を感じ、安心感を抱いていたニューマンは、それらを喪失して不安感に襲われる。そのようなある時、フレッドとひとしきり話をした後、カールソンのことも思い出しながら、彼は「近所の人たちと親しくするのも悪くないな」（六五）と感じ、「フレッドの温かな微笑みを思い出して、ニューマンは深く感謝した。そして仲間意識に包まれた。ありがたいことだ、彼は口に出しそうになった、皆がガーガンのように愚かなわけではないのだ」（六六）と思う。ここでは、本来彼自身とフレッドのものごとに対する姿勢や考え方が異なっていることは疑問視されない。仲間であることの重要性が優先されて、ニューマンは相手に同調してしまうのである。なお、小説冒頭で、プエルトリコ人女性が自分の家のすぐ傍らで暴行を受け、助けを求めているのに気づいた時の彼の態度からも、彼が自分の信念で行動できない様子が窺われる。女性を助ける必要性を感じながらも、ニューマンは行動しない言い訳をいくつか考えて自己弁護をするのだが、そのうちの一つが、「このブロックの誰も助けに行っていないではないか」(八)ということであった。

周囲の人々に合わせてユダヤ人差別に加担しているだけとはいえ、ニューマンは、他の住民たちとユダヤ人のカテゴリー化という見方を共有している。カテゴリー化の問題は、個々人の個性を無視して、人種を一括りにして評価してしまう点であることは上述した。先ほどの冒頭のエピソードでも、彼は「あの女はこのような扱いに慣れているから大丈夫だ。つまり、プエルトリコ人たちは、ということだ」(九)と、その女性と面識がないのに勝手に判断を下す。このような、ニューマンの人種に依拠した人物評価が典型的に表れているのが、将来結婚する非ユダヤ人女性ガートルードに対する考えである。

彼が最初に彼女と出会うのは、彼女がニューマンが人事担当をしていた会社に職を求め、面接にやってきた時である。他の女性応募者と違い、彼女は香水の匂いをさせ、髪に花をつけ、魅惑的にほほ笑み、色気を漂わせてニューマンの前に現れる。その姿にニューマンは魅惑されるものの、彼は彼女をユダヤ人だと誤認し、彼女は不採用となる。その後、ニューマンは彼女と再会するのだが、それは、彼が職探しをしていて偶然訪ねた会社の一つで、彼女が受付を担当していたためである。二人は会話を始め、ニューマンは彼女がユダヤ人ではないことを知らされる。穢《けが》らわしいユダヤ人というレッテルから解放されて、彼はガートルードに対して、以前とは対照的な印象を抱く。

それは、映画で顔が変化して溶けてゆき、新たな特徴を呈しながらも同じ顔のままなのを見るようだった。彼女は彼のオフィスでの面接以来、変わってはいなかった。しかし、彼女の容貌は彼に対して以前とは違う影響を与えた。(中略)ユダヤ人女性としては彼女の好みは安っぽく、あまりにけばけばしい印象だった。しかし、非ユダヤ人として見ると、彼女は同じ服を着ているが、華やかで、活発な性格を服装に表現した女性に思えた。(九三―九四)

この印象の変化はひとえにガートルードがユダヤ人なのか否かという彼の判断に拠《よ》っており、カテゴリー化の典型的な例であると言える。

このようなニューマンが、自身がユダヤ人と間違えられることをきっかけに、カテゴリー化の誤りや愚かさを見出すことになる。具体的には、彼が受けることになる種々の差別と、フィンケルシュタインとの関わりの中で、その態度が変化してゆく。そして、最終的にはフィンケルシュタインを襲うキリスト教右派の者たちに対して、共に戦うまでに至る。これまでの議論と関連付けながら、ニューマンの姿勢が具体的にどのように変化するのかについて、以下に論じてゆきたい。

4　ニューマンの変化の兆候

ユダヤ人だと誤認されるようになった後にニューマンが遭遇する差別は、彼の生活の様々な面に及ぶ。フレッドやカールソンから無視されることもあったが、それ以外にも、職を求めて会社に面接に行っても幾度となく拒否され、またガートルードと出かけた保養地のホテルでは、以前は宿泊できたにもかかわらず、今回は滞在を断られてしまう。これらの仕打ちを受け、ニューマンは憤慨する。それは、自分自身は以前と変わらぬ善良な人間なのに、ユダヤ人のように見える顔のために、彼の個人としての能力や資質が正当に評価されないためである。

> 彼は彼自身なのであり、非常に忠実で礼儀をわきまえた男なのだ。（中略）彼の振る舞い方は以前と変わったのか。ああ、何てことだ、彼の歩き方や話し方がここ数日で何か変化したとでもいうのか。彼は自分を注意深く振り返り、表面上、以前と変わりのないことを確認した。ではいったい、これらの人々に、自分はいまだにローレンス・ニューマンだということを示すにはどうしたらよいのか。
>
> 　彼の顔。（中略）この顔が彼なのではない。誰にもこの顔ゆえに彼を解任する権利などないのだ。誰にもだ！　彼は彼という人物、ある特定の経歴をもつ人間なのであって、自分に縁のない、汚らわしい歴史から生まれてきたように見えるこの顔ではないのだ。（七七）

ニューマンは、自らが被害者となることで、カテゴリー化の問題点を認識し始める。リゾートホテルで滞在を拒否された後、彼がガートルードと交わす会話の中に、その様子が垣間見られる。二人がホテルの支配人から利用を断られた時、ニューマンは自分は非ユダヤ人だと反論せず、諦めて帰ってしまうのである。これに対してガートルードは「なぜ彼にあなたが誰なのかを言わなかったの」（一三〇）と叱責する。「誰かが私にそんなことをしようものなら、私はその人に自分が何者なのか知らせてやるわ。私をユダヤ人扱いしたらただでは済まさない」（一三〇）と話す。一方ニューマンは対照的に、ものごとはそんなに単純ではなく、自分たちは非ユダヤ人だと主張すべきではないと考える。これは、彼が「相手がそのような態度だったら、何を言っても無駄だ」（一三〇）と言うように、カテゴリー化に付随するレッテルの影響力の強大さを示しているのかもしれない。だが同時にこれは、後にフィンケルシュタインとの関わりの中で彼が明確に悟ることになる、他人に対するあるべき接し方の問題とも関連しているのではないだろうか。ガートルードとの言い合いの後、彼は彼女の発言について思考を巡らせる。

彼が混乱し、黙ってしまった理由は、彼女が怒っていたとはいえ、ホテルの支配人の側についた言い方をしたことだった。彼女にとっては、単に彼らのアイデンティティを正すという問題で、そうすれば週末をホテルで楽しむことができるというわけだった。（中略）彼には、ホテルの支配人であれ、誰であれ、自分たちは非ユダヤ人だということを納得させようとするべきではないことをどう伝えたらよいのかわからなかった。（一三一）

ではなぜニューマンは、ガートルードの言い方がホテルの支配人側についた言い方だと考え、またホテルを利用するために自分たちは非ユダヤ人だと言うべきではないと思っているのだろうか。それは、そのような見方が、ユダヤ人をカテゴリー化し、そのレッテルによって人を判断するやり方だからである。確かに自分たちが非ユダヤ人だと言えば、ユダヤ人が被る不利益は避けられる。だが、ニューマンが職を求めて訪ねた多くの会社で、自分の人格や人事担当者としての経験や能力といった個人的な資質をまったく顧みられず、ユダヤ人（のように見える）というその一点だけで評価されてしまったため、このような見方を彼が容認できなくなったのだと考えられはしないだろうか。一方、ガートルードは、ニューマン同様に自身が誤ってユダヤ人だと見なされることを通して、ユダヤ人をカテゴリー化する必要性をより認識し、その態度を強めこそすれ、改めることは一切ないのである。その点でこの二人は対照的である。

ただし、この段階ではニューマンの自覚はまだ弱い。彼自身、「なぜ自分がこのような感情を抱くのか、理解できない」（一三二）と感じている。また、翌日改めてガートルードから、「あんなふうに立ったままでいるのではなく、率直に言うべきだったのよ。今まであんなに辱めを受けたことはなかったわ。（中略）あなたは何も言わないのですもの」（二四六）と言われると、「そうだな、以前はそうしていたのだが」と彼は当惑しつつ語る。そして、「自分に何が起こっているのか、わからないんだ」（二四六）と告白するのである。

5　フィンケルシュタインとの関わり

ニューマンがカテゴリー化の問題点をはっきりと認識するのは、フィンケルシュタインとのやりとりを通してである。ユダヤ人追放のための集会から追い出された帰り道、彼はその集会の様子を見ていたフィンケルシュタインに会い、様々な質問を受ける。フィンケルシュタインにとって理解し難かったのは、その集会には、三人以上のユダヤ人と実際に面識がある者が誰一人としていないのにもかかわらず、なぜ彼らがユダヤ人を追放するためにそれほどの精力をつぎ込むことができるのかということであった（一八二）。そして、フィンケルシュタインは、かつて自分の店にとあるアフリカ系アメリカ人がやってきた時の経験を話す。その人物はたばこを買いにきたのだが、フィンケルシュタインがその銘柄は店にないと言うと、仲間のユダヤ人のために売らずにおくのだろうと疑われる。

彼は怒りを感じるが、アフリカ系アメリカ人はこのような者たちだ、というカテゴリー化はしない。「何人のアフリカ系の人を自分は知っているというのか。それよりも、この人物、あの人物は気に入らないと言うべきだ。だが、アフリカ系の人たち全てを知っているわけではないのだから、彼ら全体を非難する権利など、自分にはないのだ」（一八一）と考える。このようにフィンケルシュタインは、人種全体を一括りとする見方とは対照的に、各人の人格によって人物評価をしようとする。

そのような自身の考えを明らかにした上で、フィンケルシュタインは、キリスト教右派集団に襲撃される前に出て行った方がよいと忠告するニューマンに対して、彼を問い質《ただ》す。なぜこの近所から自分が出てゆくのを望むのかと問われて、ニューマンは「特に君のせいというわけではない」（一八二）ときまり悪そうに答える。そしてさらに、「私は何かあなたが気に入らないことをしたのですか」（一八三）と追及されると、ニューマンは「私が気にくわないことを何か君がしたという問題ではないんだ」（一八三）と回答する。ニューマンはこの後も、民族としてのユダヤ人の問題であり、フィンケルシュタイン個人の問題ではないと言い続けるが、フィンケルシュタインは、「私は他人のことには関心ありません」（一八三）と取り付く島もない。ここではニューマンはまだ、ユダヤ人をカテゴリー化する見方に囚われている。

一方で、フィンケルシュタインは自分という一個人が重要なのであり、ユダヤ人というカテゴリーによって判断されることを頑《かたく》なに拒む。彼は、やましいところなく正直に生きている自分という人間を評価しようとしないニューマンを非難する。

フィンケルシュタイン氏は彼を長い間じっと見つめた。「言い換えると、あなたが私を見る時、私の姿は見ていないということですね」

「それはどういう意味なんだ」

「言葉通りの意味ですよ。あなたは私を見ますが、私の姿を見てはいないのです。何か別のものを見ているのです。何が見えますか。それが私には理解できない点です。私に対してあなたは何の敵意も抱いていないと言います。それなら、なぜあなたは私を追い出そうとするのですか。あなたが私を見る時、あなたをそんなに怒らせる何が見えると言うのですか」（一八四）

このように指摘されてニューマンは真相を理解する。彼は、実際には自分がフィンケルシュタインのことを嫌悪しているわけではなく、「この男のことが好きではないのは、彼の顔が忌まわしい行動をとるはずの男の顔をしているからだ」（一八五）と悟り、結局自分が無意識のうちに、フィンケルシュタインがユダヤ人であるという事実と、世間のユダヤ人に対するレッテルに左右されてきたことを認識するのである。

のちにニューマンがフィンケルシュタインと共にキリスト教右派集団と闘うのは、このように誠実に生きるフィンケルシュタインという一人の人間の生き様を肯定し、支えると共に、そのような人格を度外視し、ユダヤ人であるというだけで攻撃対象とする人々の姿勢に抗議するためだと言える。ニューマン自身がユダヤ人だと勘違いされることで受けた差別や迫害がその契機となったのは事実であろう。だが、それ以上に、フィンケルシュタインとのやり取りの影響が大きいと考えられる。実際、ニューマンはその後何度もフィンケルシュタインの言った、「あなたが私を見る時、私の姿は見ていない」という言葉を思い起こすのである。

ユダヤ人に対するレッテルの影響から解き放たれると、ニューマンは人々が盲目的に抱いているユダヤ人に対するイメージがいかに誤ったものであるかに気付き始める。彼は、フィンケルシュタインは「誰にも迷惑などかけていない」（二一〇）と主張し、叩きのめされても自業自得だと言うガートルードと口論になる。また、襲われて負傷したフィンケルシュタインを助けるべく彼の家の台所に入った時、彼は、一般に人々がユダヤ人に対して抱いているイメージが愚かな妄信に過ぎないことをさらに強く実感する。「そこは驚くほど清潔だった。ユダヤ人が衛生的な人たちだというのは本当だ、と彼は思った。そしてその時、ユダヤ人は不潔ということになっていたのだが、と彼はふと思い出した」（二二九）。また、リビングでも「何も奇妙な感覚は覚えなかった。人間が住むまったくふつうの部屋だった」（二三〇）と感じるのである。

そして、ニューマンはフィンケルシュタインを助けることを通して、それまでに感じたことがなかった心の平穏を感じる。同時に、「人の顔の型を見て恐怖に囚われている、この上なく気が狂った者たちが何百万と歩き回っている」（二三三）と思う。これは、外見から人種を判断し、そこにレッテルを貼り、感じる必要もない恐怖を感じている人々の愚かさを批判するニューマンの態度を表していると言える。そして、のちに警察署に傷害の被害報告に行った時、彼は警察官からユダヤ人だと思われるが、敢えて否定しない。我々はここに、周囲の目を気にせず、人種の枠を超え、人間の尊厳のために立ち上がるニューマンの姿を目にするのである。

6　おわりに

小説の冒頭で我々が遭遇するニューマンは、世俗的には不自由のない生活をしながらも周囲に流されているだけで、自分の信念に従って行動できない、精神的には空虚な者であった。その彼が、周囲からユダヤ人と誤認されることで様々な差別に直面し、苦境に陥りながらも周囲への迎合を止《や》め、自己の信念に従って、人間の尊厳を支持する行動をとるという精神的成長を遂げるのである。マルカム・ブラッドベリ（Malcolm Bradbury 一九三二―二〇〇〇）は、このようなニューマンの変化を描いた『焦点』は、のちに様々なユダヤ系アメリカ作家によって扱われることになるテーマをより直截に扱っていると指摘する。即《すなわ》ち、ここには「道徳的な自己と空虚な豊かさとの葛藤」（Bradbury 二四五）が描かれているというのである。

ところで、作家であり、ジャーナリストでもあるアミン・マアルーフ（Amin Maalouf 一九四九–）は、一人の人間には本来様々なアイデンティティがあるはずなのだが、その中の部族的な面のみを強調する「部族的」アイデンティティの危険性を指摘している（マアルーフ 四〇）。異なる部族、つまり『他者』が自分たちの民族や宗教や国家への脅威だと感じられれば、それを取り除くためになされうることはすべて完璧に正当なものだと思える」（マアルーフ 四二）というのである。『焦点』で描かれている人々の姿はまさに、ユダヤ人を排除すべき存在と規定し、ユダヤ人であるか否かという部族的アイデンティティのみで人物を評価する人々の姿だと言える。各人には、職業や年齢、性別、家庭内での立場など、それ以外のアイデンティティもあるのだが、彼らにとってはそれらは二の次である。また、性格も一人一人異なるはずなのだが、それらも部族的アイデンティティゆえにかき消されてしまう。

本来ならば、ある人物の評価というものは、様々な側面からその個人を形成している複数のアイデンティティを総合的に判断した産物であるべきである。小説の結末でニューマンは、人々の偏見を生み、正当な人物評価を妨げる人種や部族の壁の消失を願う。「彼は、激しい衝撃で人々のカテゴリーを打ち破り、彼らを変え、もはやどの部族から生まれたのかが彼らにとって重要ではなくなるような突然の稲妻の一撃を切望した」（二三四）のである。これが実現する時、部族や人種差別とは無縁の世界が訪れるに違いない。『焦点』の出版から七十五年以上が経過した現在も、残念ながらその世界をいまだに模索していると認めざるを得ないのである。

引用・参考文献

Bigsby, Christopher. *Arthur Miller: A Critical Study*. Cambridge: Cambridge UP, 2005.

——. "Introduction." *The Cambridge Companion to Arthur Miller* (2nd ed.). Ed. Christopher Bigsby. Cambridge: Cambridge UP, 1997, pp. 1–12.

Bradbury, Malcolm. "Arthur Miller's Fiction." *The Cambridge Companion to Arthur Miller*. pp. 234–258.

Brater, Enoch. "A Conversation with Arthur Miller." *Arthur Miller's America*. Ann Arbor: U of Michigan P, 2005, pp. 244–255.

Miller, Arthur. *Focus*. Reprinted with an Introduction by Arthur Miller. London: Penguin Books, 1986.

——. "Introduction by the Author." *Focus*. pp. 1–5.

——. *Timebends: A Life*. New York: Grove Press, 1987.

有泉学宙「〈ホロコースト〉をいかに描くか」『アメリカ演劇』一七号。二〇〇五年、二七–四〇頁。

高山吉張「アーサー・ミラーをめぐって　主題と提示（その一）」『甲南女子大学 研究紀要』三一号、一九九五年、一〇三–一一三頁。

エバーハート、ジェニファー『無意識のバイアス』山岡希美訳、明石書店、二〇二〇年。

マアルーフ、アミン『アイデンティティが人を殺す』小野正嗣訳、筑摩書房、二〇一九年。

第五章　初期ロス作品に見られる人種意識

坂野明子

1　はじめに

フィリップ・ロスは長いキャリアを通して自らのユダヤ性を問い続けた作家である。それは主としてアメリカとの関係で問われることが多かったが、当然ながらアメリカは移民の国、多様な人種を内包した国であり、さらにロスが作家としてデビューする一九五九年前後に黒人公民権運動が激しさを増していったことを考えれば、人種差別の問題に無関心であった筈《はず》はないだろう。

ところが、不思議なことに黒人が主要な役割を果たす作品は、ソール・ベローやバーナード・マラマッドと比しても多いとは言えない。確かに作家が六十代後半になって発表した『ヒューマン・ステイン』（*Human Stain* 二〇〇〇）は黒人家庭に生まれたコールマン・シルクを主人公としており、人種問題に正面から取り組んだと考えられなくもない。ただ、コールマンは例外的な肌の白さを利用し、ユダヤ系白人になりすまし、大学教授にまで上り詰めた人物として設定され、アイデンティティを「創作」することで人種差別を回避している。そしてその彼が、九〇年代のアメリカ社会の潮流、フェミニズムやポリティカル・コレクトネスなどに呑み込まれるかたちで悲劇的な死を迎える様相が描かれるのだ。その意味で、作品の主眼は「歴史からの逃走——その不可能性」にあったのであり、たとえば、黒人作家から差別の問題を突きつけられ、作家としてのスタンスに衝撃的な揺らぎを体験するユダヤ系作家を描いた、マラマッドの『テナント』(*The Tenants* 一九七一)とは、人種問題の扱いは大きく異なっているのである。

本論ではロスの初期作品における人種の扱いを、彼の後期作品、および、マラマッド作品の場合と比較検証していきたい。そこからロス文学の特徴および変貌を明らかにしていきたい。

2 「グッバイ、コロンバス」の黒人少年

二〇二一年春、フィリップ・ロスの大部な伝記が出版された。九百頁になんなんとするブレイク・ベイリー(Blake Bailey)によるこの著作は、ロスの父方の曾祖父母が現在のウクライナ、当時はポー

ランドのターノポル(1)(Tarnopol)近くのコズロフ(Kozlow)出身であること、その地での艱難辛苦を経て、祖父母の代でアメリカへ渡ったことから書き起こされている。母方の祖先もまた同じ地域出身であり、ロスの東欧ユダヤ系としてのバックグラウンドは疑いようがない。ただ、故郷ではラビになる勉強をしていた父方の祖父センダーはアメリカでは帽子工場に勤め、その息子ハーマン(ロスの父)は大手保険会社メトロポリタンに勤務、リタイアする時点では管理職に就いている。従って、一九三三年生まれのロスが少年時代「周囲でスカルキャップを被る人間を見かけたことはなかった」(二〇)と語っていることからわかるように、アーヴィング・ハウ(Irving Howe 一九二〇–九三)やアルフレッド・ケイジン(Alfred Kazin 一九一五–九八)が知るユダヤ系移民の濃厚な世界とは彼は最初から無縁だったといえるだろう。

とはいえ、ロスはニュージャージー州ニューアーク、ウィクエィック地区のユダヤ系コミュニティで生まれ、世俗化が進むユダヤ系の人々、移民第一世代の次の世代の人々をその目で見、耳で聞きながら育ったのであり、言ってみれば、最初のロス作品『グッバイ、コロンバス』(*Goodbye, Columbus*)はその経験から生み出されたものだった。同時代を生きる普通のユダヤ系の人々の姿を作家は少し突き放して、時に滑稽に、時に愛情をもって描いたが、まずはそこに見られる人種意識を見ていこう。

『グッバイ、コロンバス』は中篇小説「グッバイ、コロンバス」と短篇五編をまとめ、一九五九年に出版された。表題作「グッバイ、コロンバス」はユダヤ系の若い二人の男女、ニール・クラグマンとブレンダ・パティムキンのひと夏の恋を描く青春小説の格好を取っているが、二人のバックグラウンドに違いがあることも関係して、むしろ、主人公ニールが新しい世代ならではのユダヤ系アイデンティティを模索する姿が作品の中核をなしている。

ユダヤ系富裕層のための会員制スポーツクラブのプールでブレンダに出会ったニールは、すぐに彼女に惹かれ、彼女もまた彼を受け入れ、自宅のディナーに彼を招待する。パティムキン家はかつてはクラグマン家と同じニューアークの下町のユダヤ人地区に住まいがあったが、父親がキッチン・シンクの製造販売で成功し、今は高級住宅地ショート・ヒルズで暮らしている。パティムキン家では黒人メイドが料理を作り、地下室の冷蔵庫にはフルーツがいっぱい、三人の子ども達が楽しむスポーツ用具は庭の木に無造作にぶらさがっている。一方、両親が健康上の理由でアリゾナに転居したため叔母の一家と同居するニールは、経済的にも社会階層的にも明らかに下位にあり、母親代わりとしてニールの身の回りに細かく気を配る叔母の描写からもわかるように、ひと昔前のユダヤ系移民家族の雰囲気の中にいると言えるだろう。

ただし、ブレンダのようにボストンの有名大学ではないにしろ、地元の大学を出て市立図書館に勤めている点で、ニールは新しい世代に属している。大学も図書館も「知」の世界であって、「知」は彼に客観的な観察力を与え、パティムキン家の面々にある種のスノビズムを認めた彼は、礼儀正しくはあるものの距離をおいた態度で彼らに接していく。それはブレンダの場合も例外ではなく、彼女がユダヤ的相貌の特徴の一つとされる鼻梁《びりょう》の美容整形手術をしたことについて、意地悪い質問を繰り返すのである。だが、ブレンダの魅力、特に彼女の身体の魅力に抗えない彼は、夏休みの二週間をパティムキン家の準メンバーのようなかたちで過ごすことになる。

叔母に代表されるユダヤ移民の古い世界、パティムキン家に代表される、経済的成功が可能にする新しいユダヤ世界、その両方を知るニールだが、パティムキン家との関わりが深まる過程で、どちらにも呑み込まれたくないという思いが強まっていったのではないだろうか。作品は独自のユダヤ系アイデンティティを模索するニールの姿をさまざまなかたちで描き出すのだが、中でも図書館にやってくる黒人少年のエピソードは、彼の迷いを巧みに表現するものとなっている。

黒人少年はタヒチを描いたゴーギャンの画集を見るために毎日のように通ってくるが、ニールが貸し出し証を作って、家に持ち帰るように勧めても、公共図書館のシステムを理解しない少年は耳を貸さない。ある日、高齢の来館者が当の画集を借り出そうとしたため、ニールはとっさに、この本は取り置きの希望があって貸し出しはできないと嘘をついてしまう。彼のこの反応にはいくつかの要因が関係しており、まず、ゴーギャンの絵を夢中になって見ている少年が「最後の仕上げを待っている未完成品のように見えた」(三六)とあることから、黒人少年の中に、未決定のアイデンティティを抱える自身と重なるものを見てとったと考えてよいだろう。

次に、対象がゴーギャンの画集であったことも重要だろう。画家が描いた世界は非西欧の、モノ中心の価値観からかけ離れた十九世紀のタヒチだった。すなわち、パティムキン的世界を反転させたものを画家は描いていたのだ。そして、代表作のタイトル『我々はどこから来たか　我々は何者か　我々はどこへ行くのか』は、まさにアイデンティティの模索途上のニールを表していると言えはしないだろうか。

ニールにとって黒人少年とゴーギャンの画集のことは、決して小さいことではなく、パティムキン家滞在中のある日、彼は夢を見る。それは、ニールが船長、黒人少年が航海士、乗組員が彼ら二人だけの帆船が太平洋の島の港に停泊し、燦々と降り注ぐ陽の光を浴び、浜辺の美しい黒人女達を眺めて幸福な時を過ごしていたが、不意に船が動き出し、女達が「グッバイ、コロンバス」と声をかける中、「船は島から遠ざかるばかり」（七五）という夢だった。「我々は何処に行くのか」ではないが、この夢はパティムキン的世界とは別個の自分なりの世界を希求することの難しさを暗示していると捉えてもよいだろう。

同時に、作家がここで何故、黒人少年をある意味でキーパーソンとして登場させたのかも考えておくべきだろう。既出のベイリーによる伝記によれば、ロスは十二才になるまでには「社会的弱者（the underdog）のための弁護士になることを決意し」（四六）、また、八年次のサイン帳に「弱者を踏みつけてはならない」（"Don't step on the underdog"）と記したという。このことは家庭環境、すなわち両親の影響で説明できるだろう。父ハーマンは成績優秀な次男坊フィリップに、当時のユダヤ系の両親がしばしばそうであったように、法律家になることを期待した。また、ユダヤ系であるがゆえに思うように出世できないという父の嘆きを聴きながら彼が育ったこと、母が人種差別等の社会的不正義に対し積極的な活動を続けたエレノア・ローズベルトを心から敬愛していたことなども、関係しているのではないだろうか。

ただ、一方で、ロス家の周囲に黒人の影はなく、唯一の接点は週一回やってくる黒人家政婦だった。母ベスは彼女を丁重にそして親切に扱ったが、帰ってしまうと"the shvartz"（四七）（＝イディッシュ語で黒人の蔑称）と呼んだという。あるいはしばしばロス家で食事を共にした叔母は、黒人家政婦が使った食器類を熱湯で消毒したという。これらのことからわかるのは、ロス家周辺では「人種差別反対」が理念として共有されていたが、それは理念にとどまっていたということだろう。

「グッバイ、コロンバス」の黒人少年のエピソードについても、同様の傾向を見てとることが可能だろう。ニール以外の図書館員たちは黒人少年が高価な画集を汚すのではないかと疑い、明らかに歓迎していない。それに対し、ニールは少年に優しく接し、人種的偏見に染まっていないように見える。だが、彼の行動を支えているものは実は、弱者の味方にならねばという理念であり、その一方で、他の人々と自分は違う、新しく正しい価値観を持っているのだという矜持《きょうじ》も仄見えはしないだろうか。さらに、対象が、差別体験の記憶から攻撃的になることもある黒人成年男性ではなく、記憶がいまだ蓄積されていない無垢な少年であること、すなわち、精神的にも身体的にもニールを直接脅かす存在ではないことも、ニールの柔軟な、優等生的な対応を可能にしているように思われる。別の言い方をするなら、ニールは真の意味で黒人と対峙しているわけではないのであり、そして作家はニールのアイデンティティ模索の姿を描く一助としてこのエピソードを利用したと考えられるのである。

おそらく、そういうことも関係するのであろう、「グッバイ、コロンバス」の最後、ブレンダとの恋愛が終焉を迎え、ニールはパティムキン的世界に取り込まれることは回避したものの、一人ニューアークへ戻る前に夕闇に沈むハーバード大学のラモント図書館の正面に立ち、街燈のあかりで鏡のようになったガラス扉に映る自分を見て、「僕の外面は内面についてなんの知識も与えない」(一三五)と独り言《ご》つ。すなわち、外と内が乖離《かいり》し、アイデンティティ模索途上で迷子になっている自分を見出すのだった。

3　短篇作品に見られる人種問題

「グッバイ、コロンバス」の人種表象が主人公のアイデンティティ模索を示唆するための創作上の作為であったのではないか、という議論をしてきたが、むろん、根底には作者ロスの「社会的弱者の味方でありたい」という気持ちがあったことを急いでつけくわえておきたい。というのも、『グッバイ、コロンバス』収録の短篇作品にも、若きロスの弱者への同様な思いが見られるのである。

「歌う歌では人はわからない」（"You Can't Tell a Man by the Song He Sings"）の語り手はハイスクール一年生の頃を想起している。少年院を体験済みのイタリア系の生徒アルベルトが、ユダヤ系が殆《ほとん》どのクラスに入ってきて、語り手と友達同士になる。ある日、ラッソ先生が生徒たちに「職業適性テスト」を課すのだが、アルベルトはどう回答すればよいのかわからない。語り手は自分と同じ項目「病気の友人に本を読んであげるのが好き」（一二三五）を選ぶようにアドバイスするが、この対応の背後には、少年院に入っていたことから推察されるようにろくろく学校も行っていなかったアルベルトを助けたい、弱者のサポートをしたいという語り手の思いがあったと想像してよいだろう。

彼らの選択肢を見て、先生は二人が弁護士に向いていると判断し、裁判所に実地見学に行くよう指示するが、アルベルトにとってそこは少年院に送られる前に立たされた場所、二度と訪ねたくない場所だったため、ラッソ先生に怒りの感情を抱いてしまう。リベンジを果たしたいアルベルトは授業中、先生が黒板の方に向いている間、クラス全員を机の下に潜らせ、一斉に歌を歌うという授業妨害をする。ただ、「星条旗よ永遠なれ」を歌いだすと、先生も声を合わせて歌い、教室全体が一つになり、アメリカ国民としての高揚感に包まれたのだった。

結局、アルベルトは「職業」の単位のみ取得して退学、その後のことは語り手は知らない。一方、ラッソ先生は教育大学時代にマルクス主義に傾倒していた廉《かど》で非米活動委員会に召喚され、辞職に追い込まれてしまう。大学に進学していた語り手はそれを知り、先生が生徒たちと一緒に「星条旗よ永遠なれ」を歌ったこと、国を愛する気持ちがあることを手紙で訴えようかと考えるが、先生を糾弾《きゅうだん》する面々、偏屈な婦人や保守的な小売店主たちの顔を思い浮かべ、断念する。実はラッソ先生にはモデルがいて、ハイスクール時代ロスが敬愛した国語の教員が、反共の嵐が吹き荒れる時代に教職を追われており、一九九八年に出版された『私は共産主義者と結婚していた』(*I Married a Communist*)でも作家は同様のエピソードに言及している。ロスは国家という強力な存在が、抵抗のための武器を何も持たない個人に圧力をかけ、襲いかかることに強い怒りを覚えたに違いなく、本短篇執筆の動機をその辺りに求めることができるだろう。

「歌う歌では人はわからない」は、アルベルトが一九五〇年前後のアメリカでは明らかに差別の対象であったイタリア系の少年であったこと、ラッソ先生が国家権力の犠牲者になってしまったことで成り立っている作品であり、そこにロスのリベラルな人権意識が働いていたことは間違いないように思われる。ただ、語り手が何をしたかと言えば、最終的に抗議の手紙を出してはおらず、自身に大波が降りかかってきたわけでもない。あくまでも傍観者、報告者の立ち位置に留まり続けている。それは「グッバイ、コロンバス」の黒人少年とニールの関係に通じるものでもあるだろう。

ところで、「社会的弱者」への思いは、強者への反感を伴うことが多い。『グッバイ、コロンバス』には、自身と同じユダヤ系を扱いながら、「弱者」に対する「強者」としてユダヤ系の人々をネガティブに描く短篇が含まれている。その一つが「狂信者イーライ」（"Eli, the Fanatic"）である。

第二次世界大戦後、経済的に成功したユダヤ系の人々がアッパー・ミドルクラスのワスプの人々が暮らす町に移り住む傾向が見られたが、この作品はそのような町を舞台としている。郊外族の町ウッデントンに、ナチスの魔の手を逃れた、子どもたちを含むユダヤ難民の一団がやってくる。長い黒衣を身にまとい、街を悲しげな表情で歩き回る一人の人物の様子から、彼らがヨーロッパで過酷な体験をしたこと、子ども達は孤児であることが容易に想像されるのだが、そういう彼らをユダヤ系コミュニティは迷惑な存在とみなしてしまう。というのも、自分たちの出自が再び注目されることで、町の人々の反ユダヤ感情が高まるのではないかと恐れるからだ。こうして、コミュニティは難民達に別の場所に移ることを求め、さらに、生活必需品の寄付を募る手紙を持って街にやってくる人物が目立たなくなること、すなわち、ハシディズムの信者（彼らからすれば狂信者）であることが明白な黒衣を脱ぎ、アメリカ人らしい普通の服に着替えることを望み、説得請負人として弁護士のイーライ・ベックを派遣する。だが、何回か交渉を重ねるうちに、イーライは次第に難民の苦しみを理解し、寄り添うようになり、むしろ、自己保身的なユダヤ系コミュニティの主張に違和感を覚えるようになっていく。そして、最後には、自身の高級ビジネス・スーツを黒衣と交換し、その姿で街を歩き回るようになるのである。

当然のことながら、町の人々はイーライのその姿に驚愕し、今度はイーライを狂信者とみなすようになり、出産した妻と生まれた男の子を見舞うべく病院に現れた彼に対し、無理矢理黒衣をはがし、鎮静剤の注射を打ってしまう。だが、作者は作品の最後を次のように終わらせる。「薬は魂を落ち着かせたが、黒さが滲み通ったところまでは届かなかった」（二九八）。つまり、弱者としてのユダヤ難民への思いがイーライの心の奥深くまで浸透し、鎮静剤という近代的・合理的なものによってはそれは変わり得ない、消滅させることはできないことが強調されているのだ。そして、少し違う角度から考えれば、このエンディングは弱者を排除しようとする強者としてのユダヤ系コミュニティの薄っぺらさ、表層性を浮き上がらせているのであって、これはロスの弱者への思いが強者へのネガティブな評価を惹起《じゃっき》している事例の一つと言ってよいだろう。

「信仰の擁護者」（"The Defender of the Faith"）は『グッバイ、コロンバス』の中で最も反ユダヤ的と非難され、物議を醸《かも》した作品である。確かに、ずる賢く立ち回るユダヤ系の若い兵士は、非ユダヤ人が抱くユダヤ人像、シャイロック的なユダヤ人像に合致していなくもない。ユダヤ系の人々が非ユダヤ系の人々の評価を恐れたのも無理はないかもしれない。ただ、今までの議論の延長として「弱者」対「強者」という物差しで本作を測るなら、少し違う見方もできるのではないだろうか。

第二次世界大戦末期、ヨーロッパ戦線から戻り、新兵の訓練に当たっている軍曹マルクスに対し、ユダヤ系の新参訓練兵グロスバートは、同じユダヤ系であることで優遇してもらおうと働きかけてくる。ナチスのユダヤ人迫害について「ドイツでは（ユダヤ人同士が）お互い協力しなかったから、いいようにされてしまった」（一七四）、だから協力しあいましょうというグロスバートの論理は、実は、掃除をさぼりたい、外食したいなどの利己的な願望を通すために過ぎないのだが、ナチスのしたことをその目で見てきたマルクスには一定の効果をもってしまう。しかし、親戚から過ぎ越しの祭りに誘われているという作り話で外泊許可を取ったことを知った時、マルクスはグロスバートに制裁を加えずにはいられず、政治的コネを使って国内任務に就くことになっていたグロスバートを、「兄がヨーロッパ戦線で戦死したため、本人は前線で戦うことを希望している」（一九八）と嘘の申告をして、配属先の決定を覆し、太平洋戦線に派遣されるよう計らったのだ。

ストーリーから言えばグロスバートの自己利益誘導のための嘘と、マルクスのグロスバートを制裁するための嘘という二つの嘘が描かれ、本作はユダヤ系に対する印象としては確かによいものを残すことはないだろう。ただ、この作品で一番の弱者は実はヒトラーの犠牲者としての六百万とも言われるヨーロッパのユダヤ人であって、その弱者を利己的に利用するグロスバートの「強者ぶり」をマルクスが許せなかったと捉えれば、ここにはサイン帳に「弱者を踏みつけにするな」と記した思春期のロスに確実に繋がるものがあると言えるだろう。

表題作と三つの短篇を検証することで、この時期のロス文学に「弱者への思い」があったこと、それは黒人やイタリア系などの他の人種だけではなく、ユダヤ系に対しても向けられた視線であったことが明らかになった。ただ、各作品の議論から浮かび上がるのは、あくまでも中立的な作家のスタンスである。主人公や語り手は対象と直接ぶつかりあうことはなく、距離を保ったかたちでのリベラルな判断と主張をしており、そこに優等生的正義感を認めることができるだろう。少なくとも、初期のロス文学では、自身の姿勢に疑問を持つことはなく、また、この姿勢が揺るがされることもなかったのだ。ただ、一九六〇年代になると、ロスは個人的な体験からも、そして社会の大きなうねりからも、大きな路線転換を迫られることになる。ただ、本論としては、その点について論じる前に、初期ロス文学の人種問題の扱いと大きく異なるものとして、マラマッドの『テナント』の世界を眺めてみることにしたい。

4　マラマッド『テナント』の場合

『テナント』はマラマッドの八つの長篇小説のうち五番目の、既述したように一九七一年の作品である。つまり、黒人公民権運動、「長く暑い夏」[2]（Long and Hot Summer 一九六四–六八）、ヴェトナム反戦運動等の激動の時代を経て、マラマッドの中に黒人の苦しみへの思いが高まった結果生まれた作品と言えるだろう。マラマッドはすでに一九六六年に、黒人公民権運動に触発され、帝政ロシアのポグロムに題材をとった『修理屋』を完成させている。この作品は、二十世紀初頭の帝政ロシアを舞台に、一人の貧しいユダヤ人がユダヤ人であるがゆえに少年殺しの犯人に仕立て上げられ、投獄され、拷問されるものの、その過程で自身のユダヤ性に向き合い、獄中で辛抱強く無実を訴え続けていく姿を描き出したものだが、主人公のこの姿は、キング牧師の非暴力の抗議運動、バス・ボイコットやカウンター座り込みに見られる黒人達の不屈の抵抗精神と相通じるものがあると言えるだろう。

だが、一九六六年にはまだ存命だったキング牧師も二年後には暗殺され、六〇年代後半は夏になると黒人暴動が全米の大都市で多発していく。それは黒人たちが非暴力主義に収まり切れない怒りを抱えていた表れであって、彼らのアメリカ社会への異議申し立ては、手段の合法性はともかくとして、無視できるものではないと感じた人々も少なからずいたに違いない。特に公民権運動をサポートする役割の一端を担ったユダヤ系の場合、自分たちに対し黒人側がかなりネガティブな態度を示すようになったことで、困惑もあり、複雑な思いを抱いた筈である。黒人からすればユダヤ人は間違いなく白人であり、弁護士や医師など高い地位についている者も多く、アメリカ社会のエスタブリッシュメントに他ならない。でありながら、黒人差別に共闘するような態度を取るのは欺瞞《ぎまん》であり、彼らの目にはワスプのアメリカ人たちよりも、より許せない存在に映ったのだ。

『テナント』ではそのような微妙な黒人とユダヤ人の関係を基底に、ユダヤ系の作家と黒人作家

（厳密には作家志望者）が繰り広げる奇妙で凄絶《せいぜつ》な心理戦が描かれる。古いアパートに住むユダヤ系のレサーは、建て替えのため立ち退きを迫られるものの、九年半書き続けている小説を完成させるまでと居座っている。だが、ある日、階下からタイプライターを叩く音が聞こえ、小説執筆中の黒人ウィリーと出会う。すでに二作を出版しているレサーに一応の敬意を覚えたウィリーは、作品についての助言を求めるが、形式や文法についてアドバイスされると、白人、そしてユダヤ人を悪罵する。一方、レサーは黒人としての過酷な日々を綴《つづ》ったウィリーの作品に衝撃を受ける。「なんという人生をやつはかいくぐってきたことか。いったいおれに何が言えよう?」（六六）と呟くレサーは、自分の作品の意味を疑い始め、さらに、書いたものをウィリーに見せたところ、登場人物の黒人シスターについて、「これは作り物、あんたは黒いペンキを塗っただけ」（八〇）と酷評され、作家としての自信が揺らいでしまうのだ。

このように文学の上で互いの領域を侵食しあう二人だったが、私生活でも一人の女性を巡って壮絶な対立に至ってしまう。ウィリーにはユダヤ系白人女優のアイリーンという恋人がいたが、レサーは彼女に惹かれ、彼女もやがてレサーを愛するようになる。互いの作品について罵《ののし》りあっているとき、思わず、自分とアイリーンは愛し合っていて結婚しようと思っているとレサーが告げると、ウィリーはレサーに飛びかかり、激しい乱闘が始まり、レサーは死を覚悟するほど追いつめられる。偶然アパートの大家がやってきて、暴力は終わりを告げるものの、その後、レサーの九年半に及ぶ原稿がウィリーによって焼却される。失意のどん底からレサーは何とか気力を振り絞り、記憶を頼りに最初から書き直し始めるが、なかなかうまくいかない。マラマッドはこの状況を巧妙にも「彼が言葉を忘れたか、言葉が彼を忘れたか」（一八四）と表現し、さらにしょっちゅう「either を wither と打ち間違える」（一八四）と記し、レサーの文学が危機に瀕していることを示唆するのである。

そして物語はマラマッドらしく、夢とも現ともつかないエンディングを迎える。レサーは二組の結婚式の夢を見る。一組はウィリーとアイリーン、つまり黒人男性とユダヤ系女性であり、ユダヤ教の掟にのっとり、二人は天蓋の下に立っている。もう一組はレサーとメアリー、ユダヤ系男性と黒人女性で、二人はアフリカの原住民の婚礼衣装を身にまとい、婚礼を祝う踊りを踊る。するとレサーの亡父が現れ、「おまえにユダヤの教育をしっかりしなかった私が悪い」（二一三）とむせび泣くのである。そして、最後、これも現実であるにはあまりにも激しいシーンだが、一時姿を消していたウィリーがアパートに戻り、二人は遭遇し、レサーがウィリーの頭を斧で割り、ウィリーが持つサーベルがレサーの睾丸を切り取ってしまう。そして、その瞬間、レサーは「ふたりとも相手の苦悩はわかっている」（二三〇）と独り言つのだ。

なんとも恐ろしいエンディングだが、注目すべきはレサーとウィリーが過激なまでに交錯している点である。結婚式について言えば、黒人のウィリーが天蓋の下に立っており、ユダヤ系のレサーがアフリカ式の祝宴の渦中にある。二人が切り結ぶ場面でいえば、アフリカを思わせる斧を振りかざすのがレサーであり、ヨーロッパ（＝ユダヤ）起源のサーベルを使うのがウィリーである。そして、一貫して頭脳からセンテンスを作り出してきたゆえに身体を軽んじてきたのがレサーであり、身体感覚に重きを置きすぎ、形式や文法等の頭脳によるコントロールを軽視してきたのがウィリーであることを考えると、最後の暴力シーンはそれぞれに自らの欠如部分を思い知らせる行為と捉えることが可能だろう。その意味で、ここで二人は鋭利な凶器を用いて究極のメッセージを交換しあったと言えるのではないだろうか。だからこそ、レサーが「ふたりとも相手の苦悩はわかっている」と呟いたのではないだろうか。

ここまで見てきたように、『テナント』では、差別されてきた黒人からの鋭い叫びを耳にしたユダヤ系作家の、作家として、また、人間としてのアイデンティティの大きな揺らぎが表現されている。先述したようにそれは激動の六〇年代を体験した結果でもあるのだから、これをロスの初期作品の、自身は安全な立ち位置にとどまった上でのリベラルな人種問題意識と単純に比較することは、ほぼ意味がない。ただ、ロスもまた、六〇年代、七〇年代を経て、自己認識を大きく変えており、その点について次節で検証することにしたい。

5　ロス文学その後

ロスの七番目の長篇作品『男としての我が人生』(*My Life as a Man* 一九七四)は、作家が最初の不幸な結婚をなんとか「文学」として昇華しようと長く葛藤した結果生まれた作品として知られている。ロスは一九五九年、シカゴ大学の講師時代に出会ったマーガレット・マーチンソンと結婚する。中西部出身の非ユダヤ系であるだけでなく、不幸な子供時代、離婚歴、子供が二人という、自分とかけ離れた経歴の彼女にロスは惹かれたのだが、恋愛当初の高揚期が過ぎ、対立することが多くなると、ロスの方から何度も別れ話が持ち出された。だが、どうしても彼と結婚したかったマーガレットは、妊娠したと嘘を言い、通りがかりの妊娠している黒人女性から尿サンプルを譲り受け、妊娠テストをクリアする。にわかに彼女の妊娠を信じられなかったロスだったが、五〇年代的「男らしさの神話」に突き動かされ、中絶を条件に結婚する。しかし、後に、本人からからくりを告白され、築き上げてきた「人間として、男として正しく生きる」信念の瓦解《がかい》を体験する。このことはロスの文学にも大きな影響を与え、六〇年代後半以降の作品から初期の余裕あるリベラリズムは姿を消してしまう。

彼を一躍有名作家にした『ポートノイの不満』(*Portnoy's Complaint* 一九六九)は「ニューヨーク市機会平等監視委員会」の副長官のアレックス・ポートノイの二面性、立派な肩書や社会的地位とは裏腹の過剰な性欲、その結果として陥った精神の危機を描いているが、ここで注目すべきは、就業において人種差別がないかを監視する職に彼がついている点である。すなわち、彼はまさにリベラルの旗手とも言うべき存在なのだが、一方で、モンキーという女性と、公にすることが憚《はばか》られるような性行為を繰り返し、その彼女が旅行先のアテネのホテルで結婚を要求し、結婚してくれないならホテルの窓から飛び降りると脅迫するに及んで、慌てて逃げ出し、アテネ空港からテル・アヴィヴ行の飛行機に飛び乗るのである。こうして、アレックスは「弱者（＝モンキー）を踏みつけ」たわけだが、本人はこの時点ではその自覚はあまりない。むしろ、イスラエルで出会った女性ネイオミから「あんたの仕事は人権や人間の尊厳がアメリカ社会に実在していいるかのように見せかけること、でしょ」（二九六）と嘲笑されると、激高し、せめて彼女を性的に征服しようと襲いかかっている。だが、ローマで娼婦から性病をうつされたのではという思いが一瞬よぎったために目的を果たすことができず、あとは赤ん坊のように泣き叫ぶ事態に陥り、完全に精神の均衡を崩す姿が描かれるところで作品は終わっている。それは『グッバイ、コロンバス』に見られた優等生的リベラリズムの終焉をはっきりと示していると言ってよいだろう。

ところで『ポートノイの不満』の最後の場面がイスラエルであることの意味は、かなり大きなことのように思われる。というのも、ストレートな正義感に別れを告げたロスは、この後、自身の価値観やアイデンティティをさまざまな形で検証していくのだが、その中でイスラエルを視界に入れた作品が二つあり、どちらもシンプルな正義感や帰属意識を相対化する場としてイスラエルが選ばれているのだ。二つの作品とは『カウンターライフ』(*The Counterlife* 一九八六)と『オペレーション・シャイロック』(*Operation Shylock* 一九九四)であり、特に後者においては、ホロコーストの犠牲者としてのユダヤ人と、イスラエルの強権的姿勢のもとで苦しむ弱者としてのパレスチナ人を対照することで、何が真実か、何が正しいかという究極の難問を読者に投げかけている。それは、少々強引な議論ではあるが、マラマッドの『テナント』の黒人作家とユダヤ人作家の関係、そこから醸し出された痛切な問いに繋がるものがあると言えはしないだろうか。

イスラエルとパレスチナの問題は、実は、ロス以降の世代のユダヤ系作家にとっても大きな問題となっている。ユダヤ系としてのアイデンティティを考えるとき、イスラエルが抱える問題は決して他人事ではなく、ネイサン・イングランダー(Nathan Englander 一九七〇-)やマイケル・シェイボン(Michael Chabon 一九六三-)も作品の主要モチーフの一つとしている。他の論文ですでに論じているので詳細はそちらに譲るとして、(3)ユダヤ系作家の「人種」意識に、イスラエルが大きな影を落としていることは間違いがないだろう。また、パレスチナは今後も無視できない問題であり続けることだろう。その意味でロスは、ユダヤ系作家のこれからの方向性に一石を投じた作家ということになるのではないだろうか。

註

（1）ロスは『男としての我が人生』の主人公の名前をピーター・ターノポルとしており、ユダヤ系というレッテルに抵抗があった彼が、主人公に祖先の地の名を名乗らせていることにはそれなりの意味があるように思われる。

（2）公民権法が成立し、あからさまな黒人差別はなくなったが、それは名目であって社会の現実が少しも変わらないことに怒る黒人たちが夏になると大都市で暴動を起こしたことを指す。

（3）イングランダーについては『ユダヤ系文学と「結婚」』（広瀬佳司／佐川和茂／伊達雅彦編、彩流社、二〇一五年）所収の拙論「解放という名の束縛」（二一九―二三八）を参照されたい。シェイボンについては『ユダヤの記憶と伝統』（広瀬佳司／伊達雅彦編、彩流社、二〇一九年）所収の拙論「マイケル・シェイボンに見るユダヤの記憶と伝統」（一五七―一八〇）を参照されたい。

引用・参考文献

Bailey, Blake. *Philip Roth: The Biography*. New York: W. W. Norton & Company, 2021.

Malamud, Bernard. *The Tenants*. New York: Farrar, Straus and Giroux, 1999.

——. *The Fixer*. New York: Penguin, 1979.

Roth, Philip. *Goodbye, Columbus and Five Short Stories*. New York: Vintage, 1993.

———. *Portnoy's Complaint*. London: Penguin, 1995.

———. *My Life as a Man*. New York: Penguin, 1985.

———. *The Counterlife*. New York: Farrar Straus Giroux. 1986.

———. *Operation Shylock*. New York: Vintage, 1994.

———. *The Human Stain*. Boston/New York: Houghton MIffin Company, 2000.

———. *I Married a Communist*. Boston/New York: Houghton Mifflin Company, 2000.

バーナード・マラマッド『テナント』青山南訳、みすず書房、二〇二一年。

荒川洋治『テナント』書評、毎日新聞二〇二二年二月二十日、一一–一二頁。

第六章　フィリップ・ロスはアメリカの人種問題をどのように描いたか
――「アメリカ三部作」を中心に

杉澤伶維子

1　はじめに――「ブラック・ライブズ・マター」が喚起させる事件

二〇二〇年五月二十五日、ミネソタ州ミネアポリスで起きた白人警察官による黒人男性ジョージ・フロイド殺害事件に端を発した「ブラック・ライブズ・マター」(Black Lives Matter) 運動は、瞬く間に全米へ広がっていった。ほどなく抗議活動の一部が暴徒化し、一時、破壊や略奪行為へとエスカレートすることもあった。

日々各地で発生する暴動の報道に混じって、ニュージャージー州の主要な都市における抗議行動が、概して平和的に行なわれたことを報じる記事があった (Mitropoulos and Svokos)。「平和的」に行なわれたことがニュースになるのは、州最大都市ニューアークで半世紀以上前に発生した人種暴動の苦い記憶が、今回「ジョージ・フロイド事件」に接したニュージャージー州の人々に蘇ったからである。「ニューアーク暴動」と呼ばれる人種暴動は、一九六七年、黒人男性が白人警察官によって暴行を受け拘束されたことを契機に始まり、二十六名の死者と七二七名の負傷者を出した。同じ時期、全米各地で連鎖的に発生していた「長く暑い夏」の暴動の中でも最悪と言われる事件の一つであった。

ニューアークは作家フィリップ・ロス（Philip Roth 一九三三–二〇一八）の故郷であり、彼の多くの作品の舞台となっている。ロスの作品中、人種問題が中心的テーマとして扱われた作品は、パッシングした黒人を主人公にした『ヒューマン・ステイン』（*The Human Stain* 二〇〇〇）だけであり、人種問題はロスの関心事としてはあまり高くないようにも思われる。

しかし、二〇〇二年『デイリー・テレグラフ』紙のインタビューにおいて、アメリカは「九・一一」以後イノセンスを失ったと言われていることに対して、「イノセンスって何のことかね？　この国は一六六八年から一八六五年まで奴隷制だったし、一八六五年から一九五五年まで残酷な人種隔離政策の存在する社会だった。人々が何のことを言っているのか私には全く理解できない」（Leith）と、ロスは、アメリカを理想的民主主義国家とみなすことに対して、人種差別の歴史からはっきりと異議を唱えている。

「アメリカ三部作」（“American Trilogy” 以下「三部作」と略記）を人種という観点から読み直すと、

『ヒューマン・ステイン』（以下『ステイン』と略記）のみならず、『アメリカン・パストラル』（*American Pastoral* 一九九七、以下『パストラル』と略記）、『私は共産主義者と結婚していた』（*I Married a Communist* 一九九八、以下『共産主義者』と略記）においても、人種問題がニューアークの歴史的状況とともに色濃く描かれていることに気づかされる。特に『パストラル』では、ページ数こそ少ないが衝撃的なニューアーク暴動が扱われている。

本論では、まず、ロスが作品の舞台としてきたニューアークについて、人種・民族と階級という観点からその歴史を概観する。その上で、ニューアーク暴動およびその前後を含む、アメリカが経験した人種・民族と階級の歴史から「三部作」を読み直すことで、ユダヤ系作家ロスが、人種問題についてどのようなスタンスを取っていたのかを解明していきたい。

2　ニューアークと人種問題

ニューアークはニュージャージー州の北東部、ローワー・マンハッタンから西へ約八マイルの位置にある。十九世紀前半、セス・ボイドンによって着手された皮革製造ビジネスが契機となって、ニューアークは製造業を中心とする産業都市へと発展していった。(1) 産業の発展は移民たちを惹きつけ、ドイツ人、アイルランド人、イタリア人、ユダヤ人、そして南部から移動してきた黒人たちが労働力となった。特に一八八〇年から一九一〇年にかけて、ヨーロッパからニューアークに移住してきた移民は二万人と言われている。

ヨーロッパからの移民たちにとって、活気に満ちた産業都市ニューアークは、「アメリカの夢」を実現するためのチャンスを提供してくれる場所であった。だがその一方で、ニューアークはアメリカ北部の中では人種差別が根強い地域でもあり、黒人たちにとって成功へのチャンスは極めて限られていた。その結果、社会の二極化が進行することになった。

成功して豊かになった人々は、既に一九二〇年代には都市部から郊外への脱出を始めていたが、一九五〇年代には、人口の四分の一に相当する一〇万人の白人がニューアークを離れた。代わって流入してきたのは若い世代の黒人であったため、出生率が高く、黒人の人口比が急増した。ロスが一九四八年に卒業したウィーキアヒック高校は、一九五〇年代にはほとんどの生徒たちが大学進学を目指すユダヤ系であったが、一九六一年には黒人が一九%、一九六六年には七〇%を占めるようになり、高校の様相も激変せざるを得なかった（Tuttle 一四〇）。

そのような中、ニューアークで事件が起きた。一九六七年七月十二日、黒人のタクシー運転手ジョン・スミスは警察による制止を受け、逮捕され殴られた。白人警察官たちによってスミスが殺害されたという噂が広まり、抗議のために警察署周辺に集まった人々は通りに溢れ、ほどなく破壊と略奪行為へと拡大、暴動は五日間続いた。その間に七十三回の狙撃が行なわれ、当時の市長は「まるでヴェトナムのようだ」と対策会議において発言したほどであった（Tuttle 一六四）。

暴動後、白人の脱出と産業の撤退は加速し、中産階級が消失、市の中心部は貧しい黒人たちが居住するスラムと化した。一九七〇年代、全米で犯罪率（殺人・レイプ・強盗・襲撃）は二五％上昇したが、ニューアークの上昇率は九一％であった。一九六〇年から三十年間に、ニューアークは人口の三分の一にあたる一二万五〇〇〇人が減少した（Tuttle 九）。貧困、政治の腐敗、犯罪、暴力など、一九七五年の『ハーパーズ』紙は、「アメリカで最悪の都市」という見出しで、ニューアークの現状を取り上げたほどである。

「三部作」は、以上に述べた製造業の発展、移民の増加、白人の脱出と黒人の増加、貧困、暴動、都市部の荒廃など、ニューアークという都市が経験した栄枯盛衰の歴史が作品背景にあり、人種問題も重要な要素として取り入れられている。その際、語り手ネイサン・ザッカマンがニューアークの社会問題を直接体験するのではなく、それらを体験した主人公たちの話の聞き手となった上で、語り直すという手法である。

『パストラル』では一九六七年のニューアーク暴動とその後の街の衰退、『共産主義者』では一九四八年の大統領選挙戦前後と一九七〇年代の街の荒廃が描かれている。『ステイン』では公民権運動以前の一九五〇年前後と、語りの時点である一九九〇年代が背景となっている。このあと、人種問題の観点から「三部作」を発表年代順に検討していきたい。

3 『アメリカン・パストラル』——黒人に背を向けるユダヤ系

『パストラル』はユダヤ系三世の主人公「スイード」ことシーモア・レヴォヴが、第二次世界大戦後のアメリカの繁栄を背景に、彼が抱いていた「アメリカの夢」を実現させたものの、一九六〇年代の激動期に家庭崩壊という形で挫折を経験する物語、というのが多くの批評家の一致した解釈である。祖父が創業し、父が拡大させたニューアークの伝統的産業である皮革製品（手袋）製造業の経営を引き継いだスイードは、非ユダヤ人女性と結婚して家庭を持ち、郊外にあるワスプの高級住宅地に居を構える。ところが、ヴェトナム反戦運動に関わり、アメリカの資本主義を非難する娘メリーが爆弾事件を起こして逃亡、その結果「アメリカ人」として築いたと自負していた彼の楽園が崩壊する。

メリーの反抗がヴェトナム反戦運動であったため、主人公の楽園を崩壊に導いたのが反戦運動だと考えられがちであるが、作品には、一九六〇年代アメリカが経験した様々な社会現象の一つとして、人種問題が、スイードの経営する手袋製造会社ニューアーク・メイドの歴史とかかわる形で言及されている。

　ニューアークでは一九六〇年代以前からすでに、手袋製造業界全体で優秀な従業員の確保が困難になり、利益を上げることが難しくなって撤退していたが、スイードは黒人従業員の雇用を続けて、そこで長く営んできた家業を維持していた。暴動の際、父の代から長年ニューアーク・メイドに勤めていた黒人女性職長ヴィッキーとともに、彼は工場にとどまった。ヴィッキーは襲撃を避けるため、窓に「この工場の従業員はほとんど黒人です」（一六一）という何枚かの掲示を掲げたが、夜間、逆に白人からの射撃を受けた。

　動員された州兵たちが工場付近に陣地を敷いたとき、ヴィッキーは若い兵隊たちにコーヒーを配りながら次のように諭す。「銃をどこかの窓に向けて撃つ前に考えるんだよ！　ここにいるのは狙撃兵じゃないんだ！　住民なんだよ！　善良な人たちなんだよ！　考えてごらん」（一六二）。さらにそこに戦車までが出動されたときには、戦車によじ登りそのハッチを開けさせ、中にいる兵士たちに向かって叫ぶ。「馬鹿なことをするんじゃないよ！　あんたたちがいなくなったあとも、みんなここに住み続けなくてはならないんだから！　ここはこの人たちの家なんだよ」（一六二）。

　暴動のあとも、「長年にわたって雇用してきた従業員たち——そのほとんどは黒人だったが——への義務感から」（二四）、スイードは六年間その地に踏みとどまった。二代目経営者であった彼の父は、黒人たちが雇用者への恩義を忘れたと憤り、ニューアークから撤退するように忠告した。それでも、スイードはニューアークで操業を続け、貧困の撲滅とニューアーク復興のための委員会にも参加した。だが結局のところ、「暴動以来、着実に悪化していた職人たちの技量が劣化するのを止めることはできなかった」（二四）ため、工場はプエルトリコとチェコへ、さらに労働力が豊富な東アジアへと移転することになった。

以上は、暴動後踏みとどまったこと、のちに工場を閉鎖したいきさつについて、スイードが久しぶりに再会したザッカマンに対して語った説明である。確かに、スイードが黒人従業員に対して良心的な経営者であったかのように聞こえるが、ユン・スク・ホワンは、スイードの黒人に対する認識は決して理解のあるものではなかったことを指摘している。すでに郊外に脱出してそこにホームを築いていたスイードは、貧困、腐敗、犯罪の巣窟になっても、ニューアークに住み続けなくてはならない黒人従業員の現実には目を背けている。ヴィッキーが戦車の州兵たちに向かって破壊を思いとどまらせようとして叫んだ言葉は、脱出できない黒人たちの声であるが、スイードはそのことに気づいていない（Hwang 一八〇）。

実は、スイードが暴動後もニューアークにとどまり、黒人従業員の雇用を続けたのは、アメリカの資本主義を批判する娘メリーからの叱責を恐れていたからにすぎない。もし「父にとってニューアークはただの黒人たちの集落（just a black colony）になってしまった」（一六五）ので逃げ出したと、メリーから非難されることを恐れる必要がなければ、スイードはためらうことなく「ビジネスの出エジプト」（二六二）ならぬ「出ニューアーク」に加わっていたことを、彼自身認めざるを得ない。したがって、のちに、メリーが爆弾事件後逃走中にレイプされていたことを知ると、「最悪の時でさえ工場を暴徒たちに渡さなかった。その後も黒人従業員を見捨てず、彼らに背を向けていない、それなのに娘はレイプされた」（二六九）と、見当違いな遺恨を抱く。あたかもメリーをレイプしたのが黒人であるかのような思い込みであり、黒人従業員を守るという善行を行なったのと引き換えに娘の処女が守られるべきだという、整合性に欠けた自己正当化の思考経路である。

『パストラル』ではニューアーク暴動とその後の街の荒廃を描きながらも、黒人ヴィッキーを除けば、黒人の視点と声を持つ登場人物は不在である。一見、黒人従業員に対して良心的であったと思われるスイードも、結局のところ、彼の父と同様、経済的上昇と階級移動に成功して、黒人との関係を断ち切るべく安全な地域へ移動した、つまり、黒人に背を向けた典型的なユダヤ系であったことが露呈される。

4 『私は共産主義者と結婚していた』——黒人への不正義と闘うユダヤ系

『共産主義者』の主人公アイラ・リンゴルドは、恵まれない家庭環境で育った労働者階級出身のユダヤ系である。戦前、軍隊に入隊していた当時、アイラは軍隊での人種分離に怒りを覚えていた。人種分離に反対して、人種統合を主張する手紙を『スターズ・アンド・ストライプス』に書いたこともあり、「黒人びいき」(nigger lover)(四六、四八)、「黒人びいきのユダ公」(nigger loving Jew bastard)(四八)と呼ばれた。黒人びいきであるということで仲間はずれにされ、待ち伏せにあって襲われた際の怪我は、後々まで後遺症として残ったほどである。

また、シカゴのブラックベルトと呼ばれる地域の工場で働いていたときには、従業員の九五%が黒人であったが、アイラはそこで黒人たちの「暖かい友情」(九三)を感じることができた。ポール・ロブスン(2)に似た黒人の友人がいたこともザッカマンに語っており、アイラが黒人の平等への強い関心と、愛着の情を抱いていたことがうかがえる。

アイラは人種差別を許容するアメリカ国家に対しての憤りを露《あら》わにしている。一九四八年の大統領選挙において、ヘンリー・ウォレスは人種隔離政策に反対し、黒人の選挙権登録を推進する主張を掲げて、第三党「進歩党」(Progressive Party)から立候補していたが、アイラはウォレスを熱心に支持した。アメリカにとっての最大の問題は、現在に至るまで続いている黒人に対する不当な扱い方である、政権は国内の不正義には目をつぶって共産主義への不安を煽っている、とアイラは黒人たちにウォレス支持を説いて回った。実際のところ、アイラは共産主義の理論に共鳴したというより、アメリカ国内の人種に基づく不正義に対する憤りを表明するために共産主義に傾倒していったのである。アイラの熱弁は、当時に至るまでのアメリカにおける制度的・構造的な黒人差別を糾弾している。

さらに、長身であったアイラはリンカーンの姿に扮し、「ゲティスバーグ・アドレス」や「リンカーン・ダグラス論争」を聴衆の前で演じることで人気を博した。キャサリン・モーレイは、アイラの容貌がリンカーンに類似していること、彼のキャラクターがロブスンを想起させることや、アイラが黒人と親しい関係にあることを指摘して、作品の根底には人種問題があることを主張している（一一一－一二）。エイミー・ポゾフスキーは、リンカーンを演じるアイラの姿に、奴隷解放を目指した南北戦争と、労働者の解放を目指した共産主義革命が重ね合わされているという見解を示している（七〇）。

黒人に対する不正義に怒りを抱いていたのはアイラだけではない。ザッカマンやその父も黒人差別に憤りを感じていた。ザッカマン少年は、ウォレスが「人種分離された聴衆の前で演説することを拒否して、勇気と誠意を示した最初の大統領候補」（三〇）であることに共感を覚えており、ちょうどその頃出会ったアイラに誘われて、ウォレスのラリーに出かけたこともある。

実は作品には、正義感に基づいた黒人への支援という点で重要な役割を果たしている人物が他にいる。アイラの生涯をザッカマンに語るアイラの兄であり、ザッカマンの高校時代の恩師でもあったマリー・リンゴルドである。アイラがニューアークを離れたあとも、むしろ、マリーこそが人種問題の激しい渦のまっただ中に身を置いた人物といえる。もともとマリーは教職員組合活動において、待遇改善のみならず、試験による昇進制度の導入を要求するなど、マイノリティーにも公平なチャンスが与えられるための運動にかかわっていたが、一九五五年に非米活動委員会に協力しなかったという理由で教職を追われた。

六年間の法廷闘争ののち教職に復帰したが、ニューアークの状況、特に教育現場は荒廃の一途をたどっていった。2節でも述べたように白人たちは町を去り、貧しい黒人たちが取り残されていたが、マリーは暴動のあとも同じ地域に住み続けていた。そして、誰も教えたがらない、いや教えることのできない高校への赴任を引き受け、そこで引退まで十年間奉職した。当時、地域の高校は暴力と騒乱状態にあり、授業どころではなかった。「人生最悪の十年」(三一六)だったという。

その間マリー自身二度も襲われたが、そこにとどまっていた。「私は教職を裏切ることができない、ニューアークの貧しい人々を裏切ることができない。私にはできない。この地を離れることはできない。私は脱出しない。(中略)私には黒人の生徒たちを置き去りにすることはできない」(三一七)と、マリーは彼自身の信念を貫き通した。が、ついに、彼の妻ドリスが路上で強盗に襲われ、頭蓋骨を割られて殺害されたのである。

マリーは、誰よりも黒人に対する博愛の精神を長期にわたって行動によって示した人物であった。しかし、すでに二度も襲われる経験をしていたにもかかわらず、逃げ出さないという彼の信念への固執が妻を死に至らしめた。「ドリスは私の公民的美徳の対価を払った。彼女は、私がここから脱出を拒否したことの犠牲になった」（三一七）というマリーの後悔は、理想的信念と現実の危険とのバランスのとり方の困難さを示している。

『共産主義者』は、歴史的に同じような差別と偏見の歴史を背負ってきたと考えるユダヤ系が、公民権運動に積極的に関与するようになる以前に黒人へ寄せていた友愛と支援の姿勢と、公民権運動後急速に黒人との関係が悪化していった歴史的事実を、リンゴルド兄弟の姿に反映している作品といえよう。

5 『ヒューマン・ステイン』――ユダヤ系としてパッシングする黒人

『ステイン』は、黒人主人公がパッシングをして「仮面」をかぶること、いわば「幽霊（spook）」＝「見えない人間」になることを選択した前後、すなわち一九四〇年代後半から一九五〇年代前半のニュージャージー州の黒人の現状を取り上げている。(3) さらにその約半世紀後、ユダヤ系白人の「仮面」をかぶった「見えない人間」が遭遇する、一九九〇年代の思いもかけなかった人種をめぐるアメリカ文化が背景となっている。『ステイン』は、『パストラル』と『共産主義者』が触れていない、二十世紀末の人種・民族問題をも扱う作品である。

主人公コールマン・シルクは、ニューアークの北西に隣接するイースト・オレンジという小さな町の出身である。当時ニュージャージー州で行なわれていた人種差別の実態や、作品が語られる時点での人種にかかわる問題などについては、作品の最後、コールマンの妹アーネスティンによって以下のように説明されている。

一九四七年に州憲法が修正されるまで、州兵組織は人種別部隊であったし、教育は人種によって分離されていたため、子どもたちは近所の学校に通うことができなかった。町では階級と人種の厳密な区別があり、その区別は学校と教会によって正当化されていた。公民権という概念がまだ話題になることさえなかった時代、可能であれば他の人種として生きる権利を選択すること、つまりパッシングは珍しいことではなかった。当時、ちゃんとした英語を話す中流階級の黒人であれば、パッシングする方が有利であった。

コールマンは黒人名門大学ハワード大学に入学して首都ワシントンDCを訪れた際、「ニガー」と呼ばれたことに激しい怒りを感じた。差別的扱いを受けたからというよりも、自分が「黒人以外の何者でもない」存在であることに気づいたからである。「大きな彼ら」である白人の偏見だけでなく、「小さな彼ら」である黒人グループが「我々」として課してくる偏狭への嫌悪感も募《つの》った（一〇八）。「人種という恣意的な呼称によって自分の将来が不当に狭められることが許せなかった」（一二〇）コールマンは、パッシングすることで人種により規定されない自立した個人になる道を選択した。

アーネスティンの話は、公民権運動やその後に起きた暴動には言及せず、一九八〇年代以降に大きな流れとなった多文化主義に対する彼女の見解となる。アファーマティヴ・アクションという制度のもとでは、黒人であると宣言する方が大学入学・就職・昇進に有利になる現在、コールマンの生き方を選ぶ人はないだろう。学校教育プログラムでは、アメリカ史と経済はもはや必修ではなくなり、卒業証書とともに手渡されていた合衆国憲法の冊子はなくなった。古典文学がカリキュラムから消え、生徒たちは『白鯨』という作品名すら知らずに卒業していく。一方、二月が「黒人史月間」と定められ、生徒たちは集中的に黒人の歴史について学ぶことになっている、等々[4]。

コールマンを退職に追いやった「スプークス事件」の「言葉狩り」のように、多文化主義の一部は急進的なアイデンティティ・ポリティクスへと暴走していった。「多文化」という合言葉のもと帰属意識を再構築する際、グループ・アイデンティティが強化される。コールマンはかつて黒人というグループによって定義されることから逃れて自由を勝ち取ったのだが、今度は皮肉なことに、白人というグループに定義されているため、より批判を受けやすい立場になっていた。

『ステイン』はパッシングする黒人を主人公にしたことで、人種問題に正面から取り組んでいると考えることもできるが、実は、グループ・アイデンティティによって制限されることに対する抵抗を描いた小説なのである。コールマンが嫌悪した「我々という専制」(一〇八)は、ブレット・アシュリー・カプランが主張するように、「人種と血という恣意的な性質」から半世紀を経て、「アイデンティティ・ポリティクスとポリティカル・コレクトネスの愚かしさ」へと置き換わっただけにすぎない（一八二）。

パッシングの際、コールマンが白人の中でもユダヤ系を選んだのは、肌の色の薄い黒人の容姿がユダヤ人の身体的特徴に近いという実利的な理由であった。しかしユダヤ人は、第二次世界大戦終結まではワスプ文化の外側に置かれてきた民族であり、戦後の一時期「黄金時代」を経験したものの、多文化主義が時代の趨勢《すうせい》となった一九八〇年代以降においては、「白人」であると同時にアメリカ社会の「他者」という微妙な立場――皮肉なことに「幽霊」とも呼べる立場――に立たされていた。

ユダヤ系白人になりすましているコールマンは、自分が大学から追い出されたのは「白人のユダヤ人だからだ」（二六）と、ザッカマンに向かって自虐的に怒りを露わにする場面がある。コールマンを退職に追い込んだ人々、すなわち多文化主義を掲げて自分たちの要求を声高に叫ぶ人々は、「黒人をパラダイスからだまして追い出し、長年黒人たちを押さえつけて、彼らのアメリカでの悲惨さを作り出した」（二六）のが白人のユダヤ人であると思っているのだと。

実際には、反ユダヤ主義によってコールマンが大学を辞職に追い込まれたわけではないが、コールマンの愛人となった女性の元夫レスター・ファーリーは、元妻への複雑な感情をコールマンへの憎しみへと転化し、ユダヤ人に対する蔑称（"kike," "Jew bastard"）を使ってコールマンを罵っている（七〇）。否定的な感情のはけ口として、かつて使われていた人種的蔑視表現が発せられる。心的外傷後ストレス障害を抱えながら社会の底辺に生きるヴェトナム戦争帰還兵レスターにとって、エリートである大学教授のコールマンを貶める手段は、人種・民族上の蔑称を使って呼ぶことである。表面的には消滅したと思われている反ユダヤ的感情が実は表面下には堆積しており、多文化主義によってグループ・アイデンティティが強化された二十世紀末、個人的憎しみの感情の発露の際に、いわば口実として表出しやすくなったのである。

『ステイン』は、人種・民族グループによって、アイデンティティを固定されることへ抵抗する個人を描いた作品である。グループ化されることから逃れようとして「幽霊」となって被った「仮面」(=ユダヤ系白人)によって、半世紀後にグループ・アイデンティティ化され、攻撃の対象とされてしまったのは皮肉である。最終的に作品は、ロスが従来から描き続けてきた個人と集団との緊張関係というテーマを、人種という視点から描き出したものといえる。

6　結びにかえて——個人を抑圧するものとしての人種・民族

以上、ロスの作品における人種問題の扱いを「三部作」に見てきたが、「三部作」以前の作品、『グッバイ、コロンバス』(*Goodbye, Columbus* 一九五九)や『解き放たれたザッカマン』(*Zuckerman*

Unbound 一九八一）などにおける黒人描写も合わせ読むと、ロスの人種問題への関心は年月とともに変化してきたことがわかる。確かにロスは、『共産主義者』に登場する少年時代のザッカマンと同様、少年時代、人種にまつわる不正義に憤りを感じていた。が、作家になってからは、出身地ニューアークに存在する階級移動と階級差を描く際に、黒人の実情を不可欠な要素として挿入したというべきであろう。

ブレイク・ベイリーにより二〇二一年に出版された約九百ページに及ぶ伝記においても、ロスと人種問題との直接的体験に基づく記述は限られている。子どもの頃家に通っていた黒人メイドのこと、ロス少年が社会の底辺にいる人々のために弁護士になりたいと思っていことぐらいであろう。公民権運動が最盛期の一九六〇年代、ロスは結婚による束縛とそこからの解放を求めての法的闘争と、ユダヤ系コミュニティとの軋轢に心身をすり減らし、その後ニューアークの荒廃が最悪であった一九七〇年代は、ロスの関心は東欧に向かっていたようである。

そのため、ロスは一九九〇年代半ばに『パストラル』を執筆する際、ニューアーク史の研究家でもある図書館員の協力を得て調査を行なっている（五九〇）。また、『共産主義者』のマリーのモデルともなった恩師ボブ・ローエンスタインに久しぶりに再会すると、彼から暴動前後のニューアークについての助言を受けて、『パストラル』の最終原稿に手を加えている（六〇五）。つまり、故郷ニューアークの人種問題についてのロスの体験や知識は限られていたと思われる。

「三部作」において、ニューアーク出身の主人公の生涯を描くという形式を取りながら、アメリカが持つ本質的な問題と正面から取り組もうとしたとき、ロスは、創作のテーマの要として人種問題に真摯な関心を向けたと考えてよいのではなかろうか。アメリカを描く際、人種は避けて通ることのできない問題として存在していた。

その後二十一世紀に入ってからは、ロスは人種を作品内で扱うことはなかった。戦前から二十世紀末までのアメリカにおける人種問題は、「三部作」完結によって、ロスにとっては一つの結論に到達したのであろう。一九四〇年代以降のアメリカ史における重要な事件の真実を抉《えぐ》り出そうとしたとき、人種は不可避の問題としてロスの眼前に立ち現れた。人種こそがまさに、ロスが一貫して扱ってきた個人と集団の対立というテーマにおいて、個人を抑圧するもっとも厄介な敵であったことを、第三作目において確認することができたからである。

「ブラック・ライブズ・マター」運動が大きなうねりになるとともに、それに反対する勢力がぶつかり合い、「アメリカの分断」が危機感を持って叫ばれた二〇二〇年にロスが存命であれば、何を思い、どのような発言をしたであろうか。おそらくはかつてのニューアーク暴動に思いを馳せながら、変わることのないアメリカの構造的人種・民族差別、そしてそれらが個人のライフ（生活・人生・生命）を脅かすことへの憂慮を、何らかの形で表明していたのではないだろうか。

註

（1）ニューアークの歴史についてはCurvin、Mumford、Tuttleを参考にした。

（2）ポール・ロブスン（Paul Robeson）はニュージャージー州出身のアフリカ系アスリート、俳優、公民権運動家で、一九四八年の大統領選挙ではウォレスを支持・応援した。

（3）Parrishは、主人公の運命を急転させることになったキーワード "spook" が、ラルフ・エリスンの『見えない人間』の冒頭部分で使われている語であることを指摘、『見えない人間』の『ステイン』への影響を論じている。

（4）語り手ザッカマンが好感を抱いたというアーネスティンの話に、執筆当時の作者ロスの多文化主義に対する考えが反映されていると、推測できるのではないだろうか。

引用・参考文献

Bailey, Blake. *Philip Roth: The Biography*. New York: Norton, 2021.

Curvin, Robert. *Inside Newark: Decline, Rebellion, and the Search for Transformation*. New Brunswick: Rutgers UP, 2014.

Hwang, Jung-Suk. "'Newark's Just a Black Colony': Race in Philip Roth's *American Pastoral*." *Twentieth-Century Literature*. 64: 2. June 2018: 161–90.

Kaplan, Brett Ashley. "Reading Race and the Conundrums of Reconciliation in Philip Roth's *The Human Stain*." *Turning Up the Flame: Philip Roth's Later Novels*. ed. Jay L. Halio and Ben Siegel. Newark: U of Delaware P. 2005. 172–93.

Leith, Sam. "Philip Roth attacks 'orgy of narcissism' post Sept 11 US writer dares to question patriotism, report Sam Leith." *The Daily Telegraph*. October 05, 2002. <https://www.telegraph.co.uk/education/4792421/Philip-Roth-attacks-orgy-of-narcissism-post-Sept-11.html> 14 June 2021.

Mitropoulos, Arielle and Alexandra Svokos. "Peaceful protests for George Floyd prevail in New Jersey, despite history of racial tensions with police." *ABC news com*. 04 June 2020. <https://abcnews.go.com/US/peaceful-protests-george-floyd-prevail-jersey-history-racial/story?id=71024450> 14 June 2021.

Morley, Catherine. *The Quest for Epic in Contemporary American Fiction: John Updike, Philip Roth and Don Delillo*. New York: Routledge, 2009.

Mumford, Kevin. *Newark: A History of Race, Rights, and Riots in America*. New York: New York UP, 2007.

Parrish, Tim. "Becoming Black: Zuckerman's Bifurcating Self in *The Human Stain*." *Philip Roth: New Perspectives on an American Author*. ed. Derek Parker Royal. Westport: Praeger, 2005. 209–23.

Pozorski, Aimee. *Roth and Trauma: The Problem of History in the Later Works (1995–2010)*. New York: Bloomsbury, 2011.

Roth, Philip. *American Pastoral*. 1997. London: Vintage, 1998.

——. *I Married a Communist*. 1998. London: Vintage, 1999.

——. *The Human Stain*. 2000. New York: Vintage, 2001.

Tuttle, Brad R. *How Newark Became Newark: The Rise, Fall, and Rebirth of an American City*. New Brunswick: Rivergate Books, 2009.

第七章　ポール・オースターの描く多民族社会における他者との共生
――『ミスター・ヴァーティゴ』と『スモーク』を中心に

内山加奈枝

1　はじめに

ユダヤ系三世のアメリカ人作家ポール・オースター（Paul Auster 一九四七―）は、トランプ政権が発足して以来、政治的発言を積極的に行なってきた。二〇一六年、ＢＢＣへのインタビューでは、「トランプがアメリカを再び偉大な国にしようというのは、アメリカを再び白人の国にするという意味である」と述べ、グローバル化した世界経済を陰謀ととらえるトランプの言説にはヒトラーが重なると主張した。白人至上主義の右翼団体が増加した点にも触れ、未だかつてないアメリカのデモクラシーの危機に警告を発した。

さらに、トランプ二期目の選挙活動に際しては「反トランプ作家協会」(Writers Against Trump)を二〇二〇年八月に設立し、ジョー・バイデンの大統領就任が確定した後は、組織名称を「民主主義的に行動する作家協会」(Writers for Democratic Action)に変更し、白人ナショナリズムに対抗する啓蒙活動を行なっている。

オースターは、リベラルを代表する作家として政治的発言を厭わない一方、自身が敬愛するフランツ・カフカやナサニエル・ホーソーンに似て、リアリズム小説よりも寓話的物語を書くことを好む。二〇〇六年、スペイン王太子賞を受賞した際のスピーチでは、「フィクションが、現実世界においてどのように役にたつのか」という問いをたて、芸術を味わうことで「より公正で、より道徳的な人間になれる」という考えを完全に否定はしないが、ヒトラーが芸術家として出発したこと、独裁者も小説を読むことを忘れてはいけないと語った(*The Guardian*)。

フィクションが人の良心を育み、現実世界に差別や偏見がなくなる結果に直結しないにしても、オースターのテクストから「他者と共生する理想」を読みとることはできる。本論は、オースターの中でも特に、異なる民族間の共生を描いた小説『ミスター・ヴァーティゴ』(*Mr. Vertigo* 一九九四)とオースターが脚本を担当した映画『スモーク』(*Smoke* 一九九五)を取りあげ、オースターの倫理観を探ることを目的とする。

両作品は共に、孤児が父親を発見し、子のない父が子を見出す物語であるが、「贈与」を人間関係の基軸として描くクリスマス・ストーリーであるともいえる。オースターは、ノルウェー系アメリカ人作家のシリ・ハストヴェット（Siri Hustvedt 一九五五―）と結婚した一九八〇年代からは、妻の実家で催されるクリスマス・ディナーを楽しみ（*Winter Journal* 二〇八―九）、ユダヤ人としてのアイデンティティと信仰生活にはいかなる関係もない。しかしながら、十二月にはハヌカを祝う家庭に育ち、米国の差別の歴史への抗議表明として「学校のクリスマスの祝典への参加を拒否した」（*Report from the Interior* 七三）という。ユダヤ人であることを自認した少年時代から、インディアンやアフリカ人への共感を常に抱いてきたオースターの創作には、ユダヤ人の歴史に共鳴する世界観が反映されていると思われる。

本論では、オースターのクリスマス・ストーリーにあえてユダヤ的なものを見出すために、ユダヤ教に根づく弁証法から独自の倫理学を生み出した、フランスのユダヤ人哲学者エマニュエル・レヴィナス（Emmanuel Lévinas 一九〇六―一九九五）の思想を参照したい。

2 〈無限の他者〉としての師

『ミスター・ヴァーティゴ』は、一九九二年、七十七歳の老人になったウォルトが少年時代に成し遂げた偉業を回想することにはじまる。

十二歳の時に俺ははじめて水の上を歩いた。教えてくれたのは黒い服の男だ。一晩で技を覚えたなどと言うつもりはない。イェフーディ師匠に拾われたとき、俺は九歳で、セントルイスの街で小銭をせびって暮らすみなし児だった。三年間師匠にみっちり鍛えられた末に、やっと人前で芸を見せることを許された。一九二七年、ベーブ・ルースとチャールズ・リンドバーグの年、永遠の闇が世界を包みはじめたあの年のことだ。二九年十月の大暴落の何日か前まで俺は芸をつづけ、ルース、リンドバーグご両人が夢にも見なかったことをやってのけた。あとにも先にも、アメリカじゅう誰一人やったことのないことを、俺はやったのだ。（三）

オースターの作品の多くは、どこかしらリアルではない要素を含む。たとえば、ディストピア小説であれば時代と場所が特定できない、一人称小説の語り手が飼い主を失った「犬」である、あるいは、探偵小説の登場人物の名前がすべて「色」である、といった例があげられる。『ミスター・ヴァーティゴ』は、大恐慌やリンドバーグの大西洋横断飛行といった史実と、空中浮遊という現実には不可能な事象を組みあわせることで、あえてウォルトの語りを信じがたいものにしている。

養父とは言い難い伯父のもとに身を寄せるウォルト少年は、空を飛べるようにしてやるという、偶然出会った男イェフーディの約束を疑いながらも、カンザスの農場にまでついていく。農場には、マザー・スーと呼ばれる醜いインディアンの老婆と体中が歪んだ黒人の少年イソップが待っている。ウォルトは、兄となるイソップに挨拶をするようにイェフーディに命じられるものの、「黒んぼなんかと握手してたまるか」（一三）と反発し、「自分ではどうしようもないのだ。こいつを蔑むよう、血が定めているのだから。今まで見たなかでも最高に醜い黒人と同じ家で暮らしているなんて、ひどくたちの悪い冗談に思えた。そんなのは自然の法則に反している」（二〇）と思う。イソップを同じ類（kind）のひとりと分類するウォルトの言葉は、人種差別が全体主義に根ざすことを明確に示すだろう。

ウォルトはまた、イェフーディがハンガリーのブタペストからブルックリンに移住してきたユダヤ系移民であり、その父親も祖父もユダヤ教のラビであったことを知ると、「ジプシーよりたちの悪いユダ公」（一二）と侮蔑し、何度も脱走を試みる。物語の前半は、差別主義者のウォルトが他者に対する不信や偏見をいかに捨て空を飛べるようになるかに集約されるが、その方法は「無限の他者を知る」というユダヤ的な作法にあると思われる。

レヴィナスは、〈私〉の認識に還元されることのない〈他者〉のたとえとして、物質的に困窮している者、「寡婦」や「孤児」を例に挙げる（『時間と他者』八三）。イェフーディは、二十九歳の時、くる病にかかった赤子のイソップをジョージアの綿畑で拾い、夫に暴力をふるわれていたマザー・スーにイソップの母親になってくれるよう要請する。イェフーディは、「私の父親の魂にかけて誓う、あんたと子供にひもじい思いはさせない」（八二）と約束し、血縁関係のない家族の父親になる。レヴィナスは、息子を持つことを、人が自己存在の固着を乗り越えて他者に向かうことのモデルとして提示するが、父と子以上に他者に対する有責性を示す関係性が、師と弟子の関係であると言う（『暴力と聖性』一四六）。

それでは、レヴィナスが〈他者〉の例えとして考える「師」とはどのような存在だろうか。師は、「言語をつうじて私に自分を差し出す者」、簡潔に言えば、私に「呼びかける者」であるが、ここでの言語の本質は、よく言われるような同一平面上にいる者同士の対話の相互性にあるのではない。レヴィナスは、次のように言う。「教師の最初の教え、それは教師として彼が現前することそのもの」である（『全体性と無限』一四四）。「最初の教え」をより具体的にするため、次の引用を参照するが、その際、〈他者〉を「師」と読み替えることができるだろう。

> それは、したがって、〈自我〉の容量を越えて〈他者〉を受容することであり、無限の観念を抱くとは言説をとおして〈他者〉に近づくこと、それは〈他者〉の表出を迎接することであり、この表出において、〈他者〉は思考が彼からもぎ取った観念を不断にはみ出す。言説をとおして〈他者〉に近づくこと、

まさにこのような仕方で〈他者〉を受容することなのだ。(『全体性と無限』六〇)

自我の容量を越えて〈無限の他者=師〉に近づくとは、言葉で師を観念として理解するということではなく、弟子が、自分の内部にはないものが「師」という外部に存在すること、自分の理解に及ばないものの存在を認めることであると考えられる。それゆえ、「師の最初の教え」とは、弟子の持つ尺度では計りようのない無限の知として現れる師をただ受け入れるということに他ならない。

イェフーディは、ウォルトの理解の及ばない〈無限の他者=師〉として姿を現す。ウォルトは、彼が「宇宙の追放者」(三七)と呼ぶものたちとの共同生活に耐えられず、農場から四度脱走するが、行く先々に師匠がいる。最後の逃走の時には、吹雪の中たどり着いたウィチトーのある家に助けを求める。中から出てきた美しい女性がウォルトを暖炉のある部屋に招き入れてくれると、コーヒーを飲む男性の後ろ姿が目に入る。もちろんこの男性はイェフーディである。

「これでわかったか」と師匠は言った。「お前がどこへ行こうと、私はそこにいる。どれだけ遠くへ逃げようと、私はそこでいつもお前を待っている。いいかウォルト、マスター・イェフーディはあらゆるところにいるのだ。逃げようとしても無駄だ」(三二)

この衝撃的な体験の直後、ウォルトは、原因不明の病、師匠が「存在の痛み」(三四)と呼ぶ病にかかる。レヴィナスのように考えると、自己存在に固執すれば他者との衝突を引き起こすため、存在に安住するのではなく、存在から抜け出すことが求められる。ウォルトは病から回復すると、「盲目の服従」(四五)で師匠が課すありとあらゆる身体的苦痛を伴う修行を行なうようになる。

ある時、イェフーディはウォルトを生き埋めにしようと連れ出すが、ウォルトはこれから何が起こるか知らぬまま、師への全幅の信頼をイサクとアブラハムの関係になぞらえる。「俺の信頼を師匠が踏みにじるかもしれないなんて、俺はこれっぽっちも考えなかった。創世記の二十二章でイサクがアブラハムに山へ連れていかれたときも、たぶん同じような気持ちだったのだろう」(四二)。アブラハムは、一人息子イサクを捧げるように神に命じられると山頂に向かい、神の意図を理解しえないまま息子を犠牲にしようとする。

ウォルトの例えでは、弟子を生き埋めにしようとするイェフーディが子を犠牲にするアブラハムの位置を、師に黙って従うウォルトが父を信頼するイサクの位置を占める。あるいは、イェフーディは、いかなる説明もなくただ命令する神のようであり、ウォルトは理由がわからずとも神の要請に従うアブラハムに似ているとも言える。レヴィナスは、自分の理解が及ばない〈無限〉を志向するアブラハムを高く評価する("The Trace of the Other" 三四八−九)。

なぜウォルトは、アブラハムが神に従うごとく師に従うのか。レヴィナスは、第一の主著『全体性と無限』（一九六一）では、〈無限の他者〉の到来を「現前」という言葉で表すが、第二の主著『存在の彼方へ』（一九七四）では、老いの刻まれた他者の顔に他者の「現前」ではなく「痕跡」を認めることで、他者に対する〈私〉の有責性を説明する。他者の現在にいつでも遅れている〈私〉は、その「遅れ」に対して責めを負う。他者への負いは自分の意志で選べることではないため、西欧哲学では能動性に結びつけられる主体が、レヴィナスにおいては受動性において生まれる。

ウォルトは言う。「俺の魂の、どこかずっと奥の方に、およそ考えることを知らない受け身の忍耐がひそんでいたのだ。それは意志とも、決意とも、勇気ともまるで関係なかった」（四四）。師から授かった受動性は、ウォルトに〈他者〉を尊重することを教える。ウォルトは、白人よりも忍耐強いと思っていたインディアンであるマザー・スーが実は弱虫であること、そして師匠から英才教育を受けているイソップの振る舞いや話し方が白人のものであることに気づく。そして、怪我をしたマザー・スーとイソップがベッドの上で身動きができず、師匠が姿を消してしまった時に、愛する人を失う恐怖と絶望感から自意識を失い、トランス状態になったときにはじめて身体が宙に浮くことに気づく。自分の身を痛めても師を信じ、愛を知ることで浮遊術が体得される。

実は、イェフーディは、ウィチトーでウォルトを助けてくれた未亡人ミセス・ウィザースプーンの応援を求め、彼女を連れ帰るために出かけていたことがわかる。イソップたちが治癒してから行なわれるクリスマス会では、ウォルトは、人生で初めて人に贈るギフトとして浮遊術を披露する。師匠は、修行の一環として切り落としていたウォルトの指先を、弟子への「借り」(五〇)を忘れないためにペンダントとして身に着けていたが、ウォルトが浮遊の技を披露してくれた時にその指を持ち主に返す。ここで一旦、師匠からの教えとしての贈与と、それに対する弟子からの返礼が完結したようにみえる。

3 暴力の連鎖から死者の追悼へ

物語の後半は、「人間はみな兄弟だ」(一四)と言い、異人種間の「共存」(七九)を唱えたイェフーディの掟が破られ、暴力、略奪、復讐が連鎖する。ウォルトは、一九二七年の五月、リンドバーグ(Charles Lindbergh 一九〇二―一九七四)が大西洋単独横断飛行をやり遂げた同時期に池の上を歩くことに成功するが、その後ほどなくして師匠がかねてより恐れていた事件が起こる。農作物の不作により借金にあえぐものたちが、「自分の不幸の責任をなすりつけられる人間を探すようになるだろう」(五三)という師匠の予言が的中する。師匠とウォルトが家の近くの野原で日没まで修練に励んでいると、銃声と悲鳴が聞こえる。家の付近にまで戻ってきた二人は、馬に乗り、面をかぶったクー・クラックス・クラン(Ku Klux Klan)の一群が家に火を放ち、マザー・スーとイソップを木につるすのを目撃する。

白人至上主義団体においても悪名高いクー・クラックス・クランは、南北戦争直後に旧南部連合の有力者たちによって設立されたが、一度解散されたのち一九一五年に復活した時には全国規模の活動となり、黒人の他、ユダヤ人、カトリック教徒も排斥され、反移民政策が支持された。マザー・スーとイソップが殺害された一九二七年は、第二期組織の最盛期にあたる。(1)

この事件から間もなくウォルトのショー・ビジネスが成功すると、一度はウォルトを手放した伯父スリムが身代金目的で甥を誘拐する。ウォルトは無事脱走するものの、身体が成長したことで浮遊芸ができなくなってしまう。心機一転、映画俳優を目指そうと、師匠と二人でハリウッドに向かう道中、スリムに金を奪われ、車は破損し大怪我を負う。この時、癌《がん》を患っていたイェフーディは弟子だけでも生かすため、自らの頭を撃ちぬいて死んでしまう。

この後のウォルトは、「俺のなかの最良の部分」(二四〇)を師匠と共にカリフォルニアの砂漠に埋めたと言い、堕落の一途をたどる。三年後、スリムに復讐を果たすとマフィアの一味となり、シカゴでナイトクラブを経営するようになる。そこの常連客となった野球スター、ディジー・ディーン(Jay Hanna Dizzy Dean 一九一〇–一九七四)が過去の栄光にしがみつき引退できないでいると、ウォルトはその惨めさに耐えられず彼を撃ち殺そうとする。ウォルトも昔、一世を風靡《ふうび》したスターであったが、ディジーを自らと比較可能な存在として扱う。〈他者〉を自分の「同類」として扱うことは、かつて〈師＝他者の無限性〉を受け入れていたウォルトが、〈他者〉を受容できなくなったことを意味する。

『ミスター・ヴァーティゴ』は、「贈与」よりむしろ「略奪」を描いているようにみえる。しかしながら、ウォルトの語りは暴力に満ちた世界で終わらず、死者に耳を傾けようとすることで、亡くなった師から贈与を受ける可能性に開かれる。最初に「死者を記憶する掟」をウォルトに教えたのは、イェフーディである。マザー・スーとイソップを助けられなかった自責の念に苦しむ師匠は言う。「私たちには死者を記憶する義務がある。それは根本的な掟だ。死者を忘れてしまえば、私たちは自分を人間と呼ぶ権利をなくしてしまう」（一一三）。

師匠を思い出さないように生きてきたウォルトが死者と不可能な対話を始めるのは、初めて愛した女性モリーを亡くした時である。ウォルトは、モリーと二十三年連れ添い、まだ五十代で妻を亡くすとアルコールに溺れるが、断酒クリニックで夢をみる。それは、今まで葬り去ろうと努力していた記憶、四十年以上も前、師匠と巡業したころの夢だ。

この夢のおかげで、俺にとってすべてが一変した。夢は俺に誇りを返してくれた。このあとはもう、過去をふり返ることを恥ずかしいとは思わなくなった。（中略）師匠は俺を許してくれたのだ。モリーゆえに、俺がモリーを愛しモリーを悼んだがゆえに、師匠に対する俺の負債を師匠は帳消しにしてくれたのだ。そしていま、師匠は俺に呼びかけて、私を思い出せと誘ってくれている。こんなことは証明のしようがないが、その効き目は否定しようがなかった。(二八二)

師を思い出したウォルトは更生し、師のかつての愛人、ウィザースプーン夫人と共に晩年を過ごす。けれども、引用にある「師への負債」は帳消しになったわけではないだろう。かつてウォルトがイソップとマザー・スーの仇をうつべきではないかと悩むのに対し、師匠はもう二人は安らいでいると慰める。その時ウォルトは、「師匠いつから、死者の暮らしぶりの権威になったんです?」(一三二)と批判する。死者に問うても返答はなく、死者に代わってその遺志を断言すれば死者への冒涜になるため、師を批判したウォルトは正しいと言える。それでも、イェフーディは、二人は毎晩自分のもとを訪れ、生きている時よりも幸せだと言う。嘘か真かわかりようのない師の言葉をウォルトは信じる。しかしながら、喪の作業に終わりはなく、死者が遺したものを考え続ける義務は、物語の最後に持ちこされる。

家の清掃に来てくれる黒人女性の幼い息子ユセフにイソップの面影をみたウォルトは、ユセフに天賦《ギフト》の才を見出し、弟子にと望む。時代も変わり、虐待にもみえる修練は親や社会が許しそうにない。ところが、師イェフーディが与えた肉体的試練とは異なる方法があるのではないか、ただ「自分自身であることをやめる」(二九三)ことを別の方法で到達できないかと考えはじめるところで物語は終わる。亡くなってなお、師は〈無限の他者〉として弟子に課題を与える。

　空を浮く人間は、ウォルトが初めてではないとされるが、イェフーディとウォルトで試行錯誤された方法は、ウォルトとユセフのペアにより新しい方法が模索されることが暗示される。過去から到来した「問い」を現代にあわせて師と弟子の対話によって解きほぐす行為は、決して独学であってはならないタルムード研究に通じるものがある。レヴィナスは、古代より継承されてきたタルムード研究は、象徴の「起源」に固執する歴史学ではないと言うが、(2)ギフトの起源が不明であることをより明確に表現するのが、次に取り上げる映画『スモーク』である。

4　「起源」と「終わり」のない贈与

『スモーク』は、一九九〇年のクリスマス当日、『ニューヨーク・タイムズ』に掲載されたオースターの短編小説に感銘を受けた映画監督ウェイン・ワン（Wayne Wang　一九四九–）が映画化を希望したことで実現された。まずは、映画の基になっている短い物語「オーギー・レンのクリスマス・ストーリー」（"Auggie Wren's Christmas Story"）を簡単に紹介する。

　舞台となるのは、オースターが実際に住まうブルックリンであり、あらゆる人種、宗教、階級の人々が集いながら、「地球でもっとも民主的で寛容的な場所のひとつ」（*Smoke* 一四）とオースターが自慢するパーク・スロープである。物語の語り手、ポール・ベンジャミンは、作者オースターのファーストネームとミドルネームを持つ作家であり、たばこをたしなみ、大の野球ファンであることもオースターと同じである。

物語内のポールは、『ニューヨーク・タイムズ』からクリスマスに掲載する物語を依頼され承諾したのはよいが、アイディアが浮かばず絶望感に襲われる。日ごろ通うたばこ屋の店長オーギーに悩みをこぼすと、クリスマスに自分が体験した、とっておきの「実話」を提供してくれるという。

物語内物語となるオーギーの話では、一九七二年、黒人の少年が店の売り物を万引きし逃げる途中、車の免許が入った財布を落としていく。オーギーは、親心から警察には通報せず、クリスマスの日にふと思い出した財布を持ち主に返しに行く。団地を訪ねると、部屋からは盲目の老婆エセルが現れ、クリスマスに孫のロバートが訪ねてきたと喜ぶ。オーギーも思わず話をあわせ、二人でディナーを楽しむ。オーギーは、バスルームを借りた際に複数のカメラの山を目にし、思わず一台持ち出してしまう。盗んだことを後悔してカメラを返しに行くと、エセルはすでに亡くなっており、オーギーは、それから毎朝同じ時間、同じ交差点から同じ方角の写真を撮影するようになる。話を聞き終えたポールは、そのカメラはもともと盗品だろうし、オーギーは老婆を喜ばせたのだと慰める。

エセルに嘘をつき、盗みを働いたことを悔やむオーギーは、ポールに語るまで二十年近く、そのカメラで写真を撮り続けている。オーギーは盗人であり、かつ老婆最後のクリスマスに贈り物をしたともいえる。エセルがカメラについてどのように思うかは、もはやわかりようがない。

映画は、時代と場所、ポールとオーギーの関係はそのままに、短編では端役でしかなかった黒人少年を中心に、窃盗、交換、贈与といった、モノの循環によって人種や階級を越えて築かれる友愛を描く。そしてまた、不当にものを得る「盗み」が、不思議なことに「贈与」に変わっていく過程を短編小説よりも拡大して描く。

映画の冒頭では、ブルックリン出身の俳優ハーヴェイ・カイテル演じる人間味あふれるオーギーと、葉巻を買いにきた作家ポールがたばこの煙について会話する場面から始まる。ウィリアム・ハート演じる知的な風貌を持つポールは、たばこの煙の重さを量ってみせたというサー・ウォルター・ローリーの逸話を披露する。

その場にいた他の客は、店をあとにしたポールの博識ぶった態度に陰口をたたくが、オーギーは、ポールは二年前の銀行強盗で妊娠中の妻を亡くしてからは執筆ができない状態にあると言う。店を出たポールは、考え事をしながら車道に出て車にひかれそうになるが、偶然その場に居あわせて救ってくれたのが黒人の少年ラシードである。

思いがけず贈与を受けたと感じたポールはラシードに御馳走するものの、それでは命と同等のお返しにはならないと言う。ポールは、見てはいけないものを目撃し、身を隠しているという少年を数日家に宿泊させることにするが、狭いアパートでは執筆の邪魔になり、ラシードに出ていってもらう。ここで贈与とお返しの関係は一旦途切れるようにみえる。

その後、ポールを訪ねてきたラシードの伯母から、ラシードが生き別れた父サイラスの居場所を知った直後に家出をしたと聞き、ポールはラシードを追い出したことを後悔する。再会後は、オーギーに頼み、ラシードをたばこ屋で雇ってもらう。ところが、ラシードは密輸品である貴重なたばこを台無しにするという失態を犯す。そこでラシードが弁償として差し出すのは、黒人の不良少年クレムが銀行から強奪した金を拾い、ポールの家に勝手に隠していた六千ドル近い大金である。オーギーは機嫌を直し金を受け取るものの、かつての恋人ルビーの薬物中毒の娘フェリシティの更生のため、その金をルビーに渡す(3)。

フェリシティに渡るであろう六千ドルは、元を辿れば、ルビー、オーギー、ラシード、クレム、銀行に余剰資金を預ける不特定多数の人びとにまで遡るが、その起源はわかりようがない。フェリシティへのギフトにお返しがなされるかは不明であるが、ポールやオーギー、そしてラシードは、何かを受け取ると返さなければ「負債」になるという意識を持つ。ラシードは、身元を明かさないまま父サイラスのガソリンスタンドでアルバイトをはじめるが、サイラスの倉庫で見つけた古いテレビを、間借りした礼としてポールの家に運ぶ。オーギーがポールの頼みでラシードを雇うと、ポールはオーギーに「恩にきるよ。いずれ礼はする」（一〇一）と約束する。オーギーはポールに物語を提供してくれるが、お礼にポールがオーギーに御馳走する価値と釣りあうかどうかは計りようもなく、わからないからこそ贈与の連鎖は終わることがないと暗示される。

贈与に起源がないことは、オースター文学の最大の特徴ともいえる、偶然性の多用や信ぴょう性に欠ける語りとも関連するように思われる。ラシードは、黒人と白人の住む場所は、どんなに距離が近くても「まるっきり別の銀河系」（八二）であるが、それでも、黒人の自分と白人のポールが共にいるのは、二人とも自分のいるべき世界に居場所のない「宇宙の追放者」（八二）だからだと言う。しかし、二人が出会ったのは誰の意志も介さない偶然であり、ポールは運よくラシードに救われる。偶然は誰かにギフトを与えるだけではない。たばこ屋に買い物に来ていたポールの妻エレンが、オーギーに「ぴったりの金額をよこさなかったら、店がもう少し混んでいて、店を出るまでにあと何秒かよけいにかかっていたら」（二一七）銀行強盗に巻き込まれることはなかった。そこには人の自由意志など関与しようもない。

ポールは、写真家としてのオーギーに、グラニー・エセルのカメラで毎日同じ風景を撮影した写真の山を見せられる。はじめはどれも同じ場所としか認識できなかった大量の写真の中に偶然映り込んだ、今は亡き妻の姿を認めて涙するとき、誰から与えられたともいえない恵みを体験する。運悪く愛する人を失った隣りあわせに、運よく生き残ったポールが、偶然与えられた黒人の息子によって、再び本を書き、女性と交際するまでに変化していくのだ。

自分の現在が偶然の所与にすぎないのではないかという感覚は、レヴィナスにも共有される。レヴィナスは『存在の彼方へ』のエピグラフのひとつに、パスカルの『パンセ』を引用する。「『そこは俺が日なたぼっこする場所だ』。この言葉のうちに全地上における簒奪《さんだつ》の始まりと縮図がある」(六)。本来、地球の資源である太陽や大地は特定の人のものではなく、起源にまでさかのぼることのできない贈与としかいいようがない。

命も名前も授かったものであり、〈私〉からはじめて発せられるものなど何もなく、自分が生きていることで人の場所を奪っている可能性に思い至る、こうしたレヴィナス特有の感覚は、彼が家族の多くをホロコーストで失いながらも生き延びた経験によるものであろう。そしてまた、レヴィナスが「知の大洋」(『暴力と聖性』一七〇)と形容する偉大なラビ、シュシャーニ師に就いてタルムードを学び、〈無限の他者〉から贈与を受けた体験も大きくかかわっているだろう。

5　おわりに

映画『スモーク』は、「オーギー・レンのクリスマス・ストーリー」と同じく、オーギーがクリスマスにカメラを手にした話をポールに提供して終了するが、オーギーの物語は、ポール、そして映画の観客に決定不可能な謎を残す。短編でも映画脚本のト書きでも、語り終えたオーギーの表情に秘かな悦《よろこ》びを読み取ったポールは、オーギーの話は作り話ではないかと疑う。小説では、ポールの内面がこう記される。「まんまと罠にはまった私が、彼の話を信じた――大切なのはそのことだけだ。誰かひとりでも信じる人間がいる限り、本当でない物語などありはしないのだ」（一五六）。映画では、ポールが「はったりもひとつの才能だな、オーギー」（一四九）と口にすることで、小説よりもポールの疑いがより強く演出される。

こうした虚構と真実の決定不可能性を帯びた謎の贈与は、『ミスター・ヴァーティゴ』にもみられる。ウォルトは、自分の人生終盤に十三冊ものノートに自伝を綴るが、「十三冊に書かれた言葉は一言残らず真実だが、両肱《りょうひじ》を賭けてもいい、そう信じてくれる人はそんなにいないと思う」（二九〇）と語り、義理の甥に遺産として託す。

真実と虚構、オリジナルとコピー、贈与と窃盗の決定不可能性は、オースター作品に繰り返されるモチーフであるが、『ミスター・ヴァーティゴ』にお手伝いのホーソーンさんが端役で登場し、また別の作品でホーソーン・ストリートが登場するのは、自分の創作はホーソーンに負っているという、オースターが先達から受けた贈与の痕跡を残そうとする気持ちの表れにも感じられる。ウォルトとラシードが共に口にする「宇宙からの追放者」もまた、ホーソーンからの引用である。小説版のポール・ベンジャミンがクリスマス・ストーリーを書けずに思い悩むのは、O・ヘンリーやディケンズの幽霊と格闘し、お涙頂戴の物語は書きたくないが、「クリスマス・ストーリーはセンチメンタルである」という伝統、先達からの遺産を無視できないからだ。

本稿でとりあげた『ミスター・ヴァーティゴ』と『スモーク』には、師や親友を見殺しにしたウォルトや、ラシードの母を事故死させたことを悔やむサイラスが登場するように、オースター作品の多くでは、生き残った者が対話することのできない死者に問い続ける。オースターは、自分がユダヤ人であること、ユダヤ人が差別されてきた歴史を認識しはじめた八歳ぐらいから、ナチスの歩兵に森で追いかけられる悪夢に悩んだという（*Report from the Interior* 七〇）。オースターはホロコーストを体験こそしていないものの、第二の主著をナチズムによって虐殺された六百万人の死者に捧げたレヴィナスに近い倫理観を、彼の文学に見出すことができるだろう。

ユダヤ人の師匠への盲目的信頼を描いた『ミスター・ヴァーティゴ』と、黒人と白人のふたりの父、サイラスとポールが共にたばこを燻《くゆ》らす姿を映す『スモーク』は、異なる文化や歴史を持つ者たちの共生を願う未来志向の作品であると共に、根源に遡ることのできないものを受け取り、次の世代に繰り越す贈与の物語であるとも読むことができる。

註

（1）The Southern Poverty Law Center によると、二〇二〇年、アメリカには八三八のヘイト団体があり、「クー・クラックス・クラン」の名称のついた団体は二十五存在する。

（2）レヴィナスの考えるタルムード研究は、象徴の起源に遡る歴史学ではなく、「すべてのことは遠い昔から考え抜かれてきた」と考え、古代のテクストを現代の生活に生かすことを問うものである。しかも、現代文明が「ユダヤ教とユダヤ教の以外の霊的源泉の『合流』」であるならば、タルムードは、ユダヤ人以外の問題に即しても解釈されるべきであるとしている『タルムード四講話』一二一―一三）。

（3）『スモーク』では、サイラスとポールが息子ラシードを得るが、オーギーもまた、娘を見出す。こうした親子関係は必ずしも血縁ではなく「贈与」の関係性にある。ルビーは、約二十年ぶりにオーギーを訪ね、実は彼の娘をひとり生み育ててきたと伝える。その話を疑うオーギーはルビーに冷たく接するが、フェリシティと対面し、ルビーに大金を渡した後、娘の本当の父親が自分であるのか改めて問う。ルビーは、父親がオーギーであるという確信がないことを告白し、信じるか否かはオーギーに託される。ここにもオースター文学に繰り返されるテーマ「真偽の証明不可能」が現れる。

引用・参考文献

Auster, Paul. "I Want to Tell You a Story." *The Guardian*, 5 Nov. 2006, https://www.theguardian.com/books/2006/nov/05/fiction.paulauster.

——. *Mr. Vertigo*. Penguin, 1994.

——. "Paul Auster on US Election: 'I Am Scared out of My Wits.'" Interview by Emily Maitlis. BBC News, 3 Nov. 2016, https://www.bbc.com/news/election-us-2016-37865225.

——. *Report from the Interior*, Picador, 2013.

——. *Smoke & Blue in the Face: Two Films*, Miramax, 1995.

——. *Winter Journal*, Faber and Faber, 2012.

Levinas, Emmanuel. "The Trace of the Other." *Deconstruction in Context: Literature and Philosophy*, edited by Mark C. Taylor. U of Chicago P, 1986, pp. 345–59.

レヴィナス、エマニュエル『時間と他者』原田佳彦訳、法政大学出版局、一九八六年。

——『全体性と無限——外部性についての試論——』合田正人訳、国文社、一九八九年。

——『存在の彼方へ』合田正人訳、講談社学術文庫、一九九九年。

——『タルムード四講話』内田樹訳、人文書院、二〇一五年。

――『暴力と聖性――レヴィナスは語る――』内田樹訳、国文社、一九九一年。

『ミスター・ヴァーティゴ』の翻訳は、柴田元幸氏の翻訳（新潮社、二〇〇一年）を、『スモーク＆ブルー・イン・ザ・フェイス』もまた、同氏による翻訳（新潮文庫、一九九五年）を使用させていただいた。オースターの著作から引用した頁数はすべて原著による。

第八章　ジュリアス・レスターの改宗
——黒人ユダヤ人へ

大森夕夏

1　はじめに

多民族多文化国家アメリカでは、さまざまな人種・宗教の人びとがひしめき合っているが、中でもブラック・ライブズ・マター運動や相次ぐシナゴーグ襲撃に象徴されるように、黒人とユダヤ人はアメリカ社会において様々な形で差別や攻撃の標的とされやすい。その一方、犠牲者としてのアイデンティティを帯びている両者の関係は良好とは言えない。実際、同じマイノリティであっても彼らの境遇は大きく異なるが故に、両者が折り合うのは困難な場合が多い。

約四百年に亘《わた》ってアメリカで虐げられてきたアフリカ系アメリカ人にとってユダヤ人は新参者で

あるが、ユダヤ人差別は欧州から持ち越されたもので、差別の歴史はより長く広範囲に及んでいる。黒人には、旧約聖書の出エジプトでユダヤ人が経験した苦難に奴隷としての自らの境遇を重ね合わせる面がある一方、ユダヤ人を搾取する白人側に含めて敵視する傾向も強い。また、ポスト・ホロコースト期に入ると、ユダヤ人が、最も抑圧された集団としての地位を黒人から奪い、さらにホロコースト犠牲者としてのアイデンティティを神聖化しようとしているとして、黒人の間でユダヤ人に対する近親憎悪の感情が高まる場合もある。

同じマイノリティ集団であっても黒人とユダヤ人との決定的な違いは、黒人は肌の色を基盤とする人種に基づいて固定されているのに対して、ユダヤ人と肌の色とのかかわりは曖昧である点にある。また、ユダヤ人の場合は宗教的要素が大きく、自らユダヤ人であるかどうかを選べる点も、黒人との大きな違いである。

本稿では、メソジスト派の牧師の息子として生まれながら、宗教的変遷を重ねた末にユダヤ教に改宗したアフリカ系アメリカ人ジュリアス・レスター（Julius Lester 一九三九–二〇一八）を取り上げ、自伝やエッセイを中心に、彼にとっての人種、宗教、アイデンティティの問題を考察したい。

2　アフリカ系アメリカ人としての境遇

ジュリアス・レスターは、児童文学で高い評価を受けているが、フォークソング歌手、公民権運動家、写真家、主要新聞・文芸誌のコラムニスト、大学のカリスマ教授としても活躍した多面的な作家である。三十冊以上の児童書を含め五十冊に上る著作を出版しており、その多くはアメリカ黒人の歴史や現状をテーマとしている。人種差別的だとして二十世紀半ばに批判されるようになったヘレン・バナマン（Helen Bannerman 一八六二－一九四六）の『リトル・ブラック・サンボ』（*The Story of Little Black Sambo* 一八九九）を、現代的に書き直した『おしゃれなサムとバターになったトラ』（*Sam and the Tigers* 一九九六）などの絵本も出版している。レスターの児童書や黒人の歴史についての著作は数多く日本語にも翻訳されている。

レスターは、一九三九年にミズーリ州セントルイスにメソジスト派の牧師の家庭に生まれ、二歳のときカンザス州カンザス・シティに転居する。レスターの父親は、生計を白人に依存する必要がなかったため、ときどき町へ買い物に行って人種隔離を体験させられる以外は、レスターは人種差別を経験せず、黒人コミュニティの中で模範的児童として成長する。一九五二年にテネシー州ナッシュヴィルの白人も居住する地域に引っ越したことで、レスターは人種隔離に日常的に晒されるようになる。しかし、家庭で白人への憎しみを教えられなかったこと、初めて接した白人が友人のように接してくれる同年代の少女だったことなどから、白人を一律に判断するようにはならなかったという。[1]

一九五六年にフィスク大学に入学し、三年次の春学期、サンディエゴ大学へ交換留学生として派遣される。ここでレスターは生まれて初めて白人の世界に直接晒されることとなる。一万五〇〇〇人の白人学生のいるキャンパスで、黒人学生は七十五名だけだったのである。人種隔離政策が実施されていた南部でレスターがそれまで受けていたのは白人のあからさまな敵意から放たれる打撃であり、これをかわす術は身に付けていたが、サンディエゴで経験したのは、黒人に対する蔑称で呼ばれてただ無視されることによる心の流血であり、絶望的な孤独に追いやられることとなる。黒人学生同士でコミュニティを形成すれば気休めになったかもしれないが、一九五九年当時白人の世界にいた黒人は、自分たちだけで固まっていると非難されないよう、お互いに避け合うのが通常だったため、レスターには友人が一人もできず自分の内面の世界に閉じ籠るようになる。

一九六〇年二月、ノースカロライナの食堂で座り込み運動を行なった黒人学生が逮捕され、レスターの周囲の黒人学生たちも座り込み運動を始めた。しかし、レスターは「社会変革のための運動に身を委ねることはできなかった。しなければならない仕事が他にあったからである。ジェイムズ・ジョイス（James Joyce 一八八二—一九四一）も、ナチスが上げ足歩調で人間の命を蹂躙していたとき、『フィネガンズ・ウェイク』（*Finnegans Wake* 一九三九）を書くのをやめなかったではないか」（*All Is Well* 六九）と考える。しかし、当時の南部で黒人でありながらSNCC（学生非暴力調査委員会）に参加しないことは非常に困難であったため、レスターは南部を離れることに決め、ニューヨークに赴く。しかし、一九六六年になるといよいよ革命の気運がみなぎり、政治運動から距離を置くのは事実上不可能となって、人種闘争に巻き込まれていく。社会運動に加わるようになったものの、レスターは白人女性と結婚していたため、SNCC内での立場は微妙なものであった。白人女性との結婚は人種的自己嫌悪の象徴だと批判された。しかし、レスターには黒人女性の愛人も大勢おり、彼の場合は、彼らが批判するように黒人女性を愛することを拒んだのではなく、黒人だけを愛することを拒んだのである。このように白人に対するレスターの態度と見解は、当時の大多数の黒人とは一線を画するものであった。

3　反ユダヤ主義の黒人としての烙印

レスターは著作を出版するようになり、作家として認知され、政治活動の範囲を広げていく。そして、一九六八年夏からWBAI－FMのオールナイトショーのホストを務めるようになり、黒人の声を伝える役割を担うようになる。当時、公共の場で黒人の声を伝えることができるような立場にいる黒人は他にいなかったので、彼は貴重な存在であったが、このことでトラブルに巻き込まれることとなる。

一八六八年の秋から六九年の冬にかけて、ニューヨーク市では人種的緊張が非常に高まっていた。ことの発端は、ブルックリンの黒人コミュニティのオーシャン・ヒル＝ブランズヴィルで九名の教員が解雇されたことに対し、ＵＦＴ（米国教員連盟）がストライキを行なったことにある。その学区の教員の大半が白人で、その白人の大半がユダヤ系だったため、ＵＦＴの会長が地元教育委員会を反ユダヤ主義的だとして批判し、ユダヤ系団体が黒人の反ユダヤ主義について声明を発し始め、ピケットラインの白人教員たちが学校に通う黒人生徒、プエルトリコ系生徒に罵詈雑言を浴びせるようになる。その結果、学校が閉鎖され、保護者団体が乗り込んで再開させる事態にまで発展した。

レスターはこのストライキの成行きをラジオ番組で報道していたが、あるとき、ゲストの反ユダヤ主義的な発言を阻止しなかったため、彼自身が反ユダヤ主義者として標的にされることとなるのである。一度目は、その年の十二月二十六日に反ユダヤ主義者としてＵＦＴから目をつけられていた黒人教師が、生徒が書いた反ユダヤ主義的な詩を読み上げたときである。教師は読むべきかどうか迷っていたが、レスターは、「ストライキによって危険なレベルにまで達した人種間の緊張を示唆するものであり、ストライキが黒人の若者にいかなる影響を与えているかを知らしめたかったので」（*All Is Well* 一五二）、そのまま朗読することを勧めた。その後の二週間の間に何千通もの脅迫状がＷＢＡＩに送り付けられ、ユダヤ防護同盟は、ＷＢＡＩだけでなく、レスターが教鞭をとっていたニュースクール大学にも彼の解雇を求めた。レスターは自らが反ユダヤ主義者かどうかについては一切の発言を拒んでいたが、一月二十三日、三人の黒人高校生がレスターの番組で反ユダヤ主義的な発言をした際、生徒の表現の自由を考慮に入れ黙認してしまったことで、彼の番組が反ユダヤ主義の演壇とみなされるに至って、沈黙を破ることとなる。その翌週一月三十日の放送で、レスターは、発言の機会を持たない黒人コミュニティを代表する声としての自らの役割、アメリカにおいて黒人は虐げられる側なので、反ユダヤ的な感情があったとしても、それを東欧の反ユダヤ主義と同等のものと看做《みな》すのは間違っていると説明した後、自らが反ユダヤ主義者かどうかの問いに対しては、次のように述べている。

私が反ユダヤ主義者かどうかという問いに対しては、答えるつもりはありません。私に関係ある問題ではないからです。関係ある問題は、この国の構造の変革です。なぜならそれこそが黒人が必要な力を手に入れる唯一の方法だからです。反ユダヤ主義の問題は、黒人コミュニティに関係ある問題ではありません。(一五八)

このようにユダヤ人問題と黒人問題を切り分けて、黒人コミュニティに属する自分とは関係ないものであると表明したレスターであったが、この後、反ユダヤ主義の問題に自ら深く関わっていくこととなる。

4　反黒人主義の黒人としての烙印

黒人の声を代弁する反ユダヤ主義者の烙印を押されたレスターは、その十年後、今度はユダヤ人を擁護したとして黒人から背信者として非難されることとなる。[2] 一九七九年八月にアメリカで黒人初の国連大使アンドリュー・ヤング（Andrew Young　一九三二―）が辞任したことがきっかけである。元牧師のヤングは、公民権運動時代は南部キリスト教指導者会議でキング牧師と活動を共にしていた。一九七二年に民主党議員として当選し、カーター大統領の政権になって一九七七年に国連大使に任命される。しかし、ＰＬＯ（パレスティナ解放機構）の代表と秘密裏に面会していたことが明るみに出た後、一九七九年に辞任に追い込まれる。ジェシー・ジャクソン（Jesse Jackson　一九四一―）、ジョセフ・ローリー（Joseph Lowery　一九二一―二〇二〇）、その他黒人指導者たちは、ユダヤ人を、カーター大統領に圧力をかけてヤングを辞任に追いやったとして非難した。レスターは、ヤング自身が辞任は自らの選択によるものでありユダヤ人からの要請ではないと説明しているにもかかわらず、黒人がこの件でユダヤ人を批判している事態に怒りを抑えられなくなる。

レスターは、ブラック・パワーの影響により黒人の精神性に変化が生じていると考える。「黒人は、犠牲者として自らを神聖視することによって精神的緊張を和らげることで、苦しむ勇気を放棄し（中略）犠牲者であることで自己正当化し、その安全性の中で感傷に耽っている」(*Lovesong* 一三七）との思いに駆られて、レスターは『ヴィレッジ・ヴォイス』(*The Village Voice*) に「苦難の利用」(“The Uses of Suffering”) という記事を発表する。この中で、黒人がユダヤ人を批判するのは、アファーマティヴ・アクションに反対するユダヤ人への怒りからきていることに理解を示しながらも、イスラエルの運命に無関心な黒人の態度にユダヤ人が傷付いていることも指摘する。そしてソ連におけるユダヤ人の抑圧に関心を示さない黒人の指導者が、南アフリカとイスラエルの関係を批判するのは無神経であると述べ、公民権運動のとき、黒人を支持するユダヤ人もいたことを思い出させようとする。ユダヤ人が黒人に手を差し伸べたのは、自らがホロコーストやポグロムで苦しんだ記憶があるからであり、自らも苦しんできた黒人はユダヤ人に感謝の意を表し、彼らの苦しみに配慮する必要があると主張する。抑圧された人びとは、犠牲者としての立場にあることで道徳的優位が与えられていると信じると傲慢になりがちであると、レスターは警告するのである。

このような激烈な論調の記事を投稿した後、レスターは自分のしたことに恐れを抱く。しかし「苦難の利用」は全国のさまざまなユダヤ系新聞から転載許可を求められる。大学の同僚のイスラエル人は、「ユダヤ人として、ヤングの一件が始まってからとても孤独に感じていましたが、あなたの記事のおかげで自信を取り戻すことができました」（二四五）と述べ、レスターをコール・ニドレー(3)

に招待する。シナゴーグに行くことで再び同胞を裏切ることになることを恐れつつ、レスターは招待に応じる。シナゴーグでは、レスターは多くのユダヤ人に感謝され歓迎される。また、「苦難の利用」は贖罪の日にシナゴーグでラビによって朗読される。レスターは十年前のラジオの一件で反ユダヤ主義者だと思われていたが、この誤解に対する謝罪を含めた感謝状もユダヤ人から受け取る。

その反面、黒人の同僚からは話しかけられなくなる。「奴隷」を足掛かりにユダヤ人と黒人の歴史の接点を探る「黒人とユダヤ人——比較研究」を開講するが、所属するアフロ・アメリカ・スタディーズ学部の同僚が妨害を目論み、同じ曜日の同じ時間帯に同じ講義名の科目を他の教員に担当させてつぶしにかかる。しかし、レスターはユダヤ・スタディーズ学部の教員に働きかけ、ユダヤ・スタディーズ学部と合同開講するよう取り計らったおかげで、他教員の受講者が三名だけだったのに対して、レスターはユダヤ人学生を中心に八十名の受講生を獲得し、この学内闘争に勝利する。

しかし、一九八四年にジェイムズ・ボールドウィン（James Baldwin 一九二四–八七）の反ユダヤ主義的な発言を批判したことで、学部内でのレスターの立場は致命的となる。この春レスターはボールドウィンを自分の講義「公民権運動の歴史」に招聘し、交互に講義を行なっていたが、その中でボールドウィンは当時話題となっていたジェシー・ジャクソンの事件を取り上げた。ジャクソンも元牧師の公民権運動家で、貧困層の救済を目的としたＰＵＳＨ（People United to Save Humanity）を創設し代表を務めていたが、一九八四年に大統領候補指名の予備選に出馬する。しかし、この年の一月、オフレコだと思い『ワシントン・ポスト』（*The Washington Post*）の黒人レポーターとのやりとりの中でユダヤ人を蔑称の"Hymie"と呼び、ニューヨークを"Hymietown"と言及したことが報じられ、抗議の嵐が巻き起こる。最初はユダヤ人の陰謀だと否定していたジャクソンであったが、二月の終わりごろ、シナゴーグでユダヤ人指導者に正式に謝罪する。しかしボールドウィンは講義の中で、ジャクソンの発言を報道した人物こそ批判されるべきだと主張し、さらにユダヤ人の責任を問うべきだと続けた。彼の主張は黒人の受講生に反ユダヤ主義を容認するメッセージとして受け取られ、質疑応答の中で反ユダヤ主義的な発言をする黒人学生が出たが、ボールドウィンはこれを黙認した。レスターは、ボールドウィンの著作を愛し彼を尊敬し、作家同士として多くを語り合っていたが、ボールドウィンのこのような言動にショックを受ける。レスターは、傷つき憤慨したユダヤ人学生の質問に答える形で、自分の講義の中でボールドウィンは間違っていると説明する。レスターがユダヤ人学生と自分がいかに傷付いたかをボールドウィンに伝えると、ボールドウィンは、自分の言動が反ユダヤ主義的であったとは気付いていなかったが、次の授業でユダヤ人学生に謝罪すると約束する。しかし結局ボールドウィンが謝罪することはなかったという。

レスターはこの顚末をユダヤ教に改宗した体験を綴った自伝『ラブソング——ユダヤ教への改宗』（*Lovesong: On Becoming a Jew* 一九八八）の中で暴露したことで、当時勤めていたマサチューセッツ大学のアフロ・アメリカ・スタディーズ学部から追放されることとなる。表向きの理由は、『ラブソング』

の中でレスターが書いたボールドウィンについての記述が「意図的な虚偽の陳述」（"The Responsibility of the Black Intellectual" 一八一）だと判断されたためであった。レスターは実際の理由を、当時の学部長が『アマースト会報』で述べた「われわれは彼のユダヤ主義に対して異議があるわけではない。（中略）ただ、黒人、黒人団体、ジャクソン、ボールドウィン、公民権運動に対して悪意ある態度が強まっていった場合には、彼が本学部に留まることの妥当性に疑問が生じるのだ」（一八一）という言葉の中に見出している。結局、彼は公式の場で「反黒人主義の黒人」（一八一）というレッテルを貼られ、黒人学生からも敵意を向けられ、主要都市部のラジオでは、もう黒人ではないのだからイスラエルに移住しろとのメッセージが流され、同年、ユダヤ・近東スタディーズ学部へと移籍させられる。

レスターはその後「ジェイムズ・ボールドウィン」（"James Baldwin" 一九九〇）というエッセイを書き、ボールドウィンへ敬愛の念を表しつつ、政治に関わるようになって以降ボールドウィンの作品の質が変化していったと論じている。レスターは、大学生のときボールドウィンの『アメリカの息子のノート』（*Notes of a Native Son* 一九五五）を読んで「黒人であってもシェリーのような抒情性で書くことが許容される」（"James Baldwin" 一二〇）ことに励まされ、「人間であることの本質を見抜くビジョン」（一二一）で書かれたボールドウィンの初期の作品を高く評価している。しかし「黒人の集合体のための声」（一〇一）にはなることを避けていたラルフ・エリソン（Ralph Waldo Ellison 一九一四–九四）が、ボールドウィンにも政治には関わらないようにと忠告したにもかかわらず、ボールドウィンは政治に関与するようになり、一九六三年以降の著作では、「集合体の声」（一二一）として発言するようになっていることをレスターは指摘している。

レスターは、ボールドウィンがユダヤ人と黒人の関係を初めて記した「ハーレム・ゲットー」（"Harlem Ghetto" 一九四八）、ユダヤ人と黒人の関係について彼が記したものとしては一番有名な「黒人が反ユダヤ主義なのは、反白人主義だから」（"Negroes Are Anti-Semitic Because They're Anti-White" 一九六七）、レスターが最も不穏当だと看做す「再生への公開書簡」（"An Open Letter to the Born Again" 一九七九）の三つのエッセイに見られる反ユダヤ主義的表現を鋭く抽出し、そこから窺えるボールドウィンの反ユダヤ主義的感情を分析している。

レスターは、一九六三年の『次は火だ』（*The Fire Next Time*）の中にボールドウィンの思考の転機が窺えると指摘する。愛による白人と黒人の融合を訴えるボールドウィンの人道主義が最も雄弁に語られる中、黒人に対する白人の差別的な態度に対する反発も散見される点を、レスターはボールドウィンの姿勢の変化と看做すのである。ボールドウィンは白人とビジョンを共有するのに「われわれ」という言葉を使用するのを止め、人種の枠に囚われるようになっていくという。

次に「ハーレム・ゲットー」に記された黒人とユダヤ人の両義的な関係をレスターは、ボールドウィンの言葉を引用しながら以下のようにまとめている。

旧約聖書を通して黒人は自らをユダヤ人に重ね合わせ、苦しんできたが故に自らをユダヤ人と考えさえもする。（中略）しかしながらユダヤ人は、「黒人を搾取するアメリカのビジネスの伝統に従って商売を営む」ハーレムの「小物の商人」と看做され、抑圧者と同一視され、それ故憎悪されている」。さらに、「ユダヤ人は苦しみの何たるかを自ら知るのに十分なほど苦しんできたのだから、もっと知ってしかるべきである」と判断を下す黒人の態度が付け加えられている。（一〇八）

エッセイには直接的な反ユダヤ主義は見られないと言いつつも、レスターは、「黒人を搾取する」商人としてのユダヤ人の「ステレオタイプを客観的真実として提示している」点、ユダヤ人に対するような判断を黒人に対しては保留するという偏った姿勢の中に、潜在的な反ユダヤ主義を読み取っている。また、「ユダヤ人に対面したときの黒人は、そのユダヤ性のためでなく肌の色のためにユダヤ人を心の底で憎む。スケープゴートが必要であるのとちょうど同じように、憎悪にはシンボルが必要なのだ。ジョージアには黒人がおり、ハーレムにはユダヤ人がいる」というボールドウィンの記述を引用し、「ハーレムの黒人とジョージアの白人に共通点が多くあるということは、つまり両者とも人種差別主義者だ」（一〇九）と結論付けうる余地があることを指摘している。

「黒人が反ユダヤ主義なのは、反白人主義だから」では、ボールドウィンはさらに一方的で独りよがりになっているとレスターは指摘する。しかしレスターは次のようにボールドウィンのステレオタイプを覆していく――黒人はユダヤ商人からの負債のため隷属状態にあるというが、それは炭鉱労働者が炭鉱会社からの負債によって隷属状態を強いられているのと同じではないか、黒人から搾取する職業として他にリストアップされた警官、教員のすべてがユダヤ人というわけではなく黒人もいるではないか、「こうした人びとすべてがユダヤ人かどうか、自分は知らない」とボールドウィンは繰り返すが無責任なレトリックではないか、と。

結局、ボールドウィンは、ユダヤ人を白人の側の存在と位置づけ、黒人から搾取する抑圧者の側に含めているが、レスターが最も深刻な問題と考えているのは、ユダヤ人をステレオタイプ化する以上に、ボールドウィンが「犠牲者としての人種」を巧みに表現することで、「黒人が過剰な自己憐憫に陥り、自己の現状に対する自己責任を免除することを許容する」（一二一）結果となっていることである。レスターはこれを、作家が「集合体の最悪の傾向を代弁する声」（一二一）となることに付随する危険性であると看做している。

5　ユダヤ教への改宗

レスターは一九八三年、ユダヤ教に改宗する。メソジスト派の牧師の息子であるアフリカ系のレスターがユダヤ教に改宗するのは唐突なように思われるが、実は彼の母方の曽祖父はドイツ系ユダヤ人移民の行商人だったので、レスターの中にもユダヤ人の血が流れているのである。七歳でこのことを知ったときの心境をレスターは次のように記している。

自分が何者なのかについての感じ方が明らかに変わった——まだ子どもではあったが、単に肌の色によって決められるアフリカ系アメリカ人というだけでなく、「何か他のもの」でもあるということが驚異の源となった。(“Suddenly Jewish: Jews Raised as Gentiles Discover Their Jewish Roots” 一六〇)

レスターは、ユダヤ教への改宗を決意した要因の中に、曽祖父がユダヤ人であった事実も確かに含まれていることを認めている。しかし黒人のレスターがユダヤ教に改宗することは並大抵のことではなく、ユダヤ人になることに対して抱いた複雑な思いを次のように語っている。

ユダヤ人には決してなれないことを嬉しく思う自分がいる。しかし、ユダヤ人として生まれさせてくれなかったことで神に怒りを感じる自分もいる。黒人でなければ、明日にでも改宗するのだが。(*Lovesong* 一五六)

改宗への思いが強まったのは、「苦難の利用」を出版後「同胞の黒人から見捨てられ孤独に感じていた」時期であり、「黒人から疎外されていなかったら、改宗したいと思っただろうか」（一五七）と自問自答する。

もしユダヤ人に受け入れられなかったら打ちひしがれるだろうと分かっていた。神が私にお望みのことだと分かれば、ユダヤ人であることが私にとって正しいことだと分かれば、たとえユダヤ人が受け入れてくれなくても、ただユダヤ人になることができるのだ。（一五七）

一九八一年十二月の夜、横になって目をつむったレスターは、茶色のヤムルカを頭に乗せて歓《よろこ》びに満ちて踊り回る自分のビジョンを見て、自分はユダヤ人だと思い、改宗を決意する。レスターはこれを改宗というより、「これまでそうであったものを単に受け入れるだけなのだ」（一八五）と考える。一九八三年一月、改革派ユダヤ教の下で改宗を行ない、翌年意を決して割礼を受けたことで「完全になった（I am whole）」（二二八）と感じる。レスターの改宗についての記事を読んだカリフォルニアのラビはレスターに、これは「輪廻（gilgul）の完璧な例だ」と記した手紙を送る。カバラ研究の最中に輪廻について読んだばかりだったラビは、「これは、ユダヤ人の魂がユダヤの人びとから切り離され行方不明になった後に起こる輪廻である」（二二九）と考えたという。

> 異教徒として生まれると、その幼児は当然異教徒として育てられ教育を受ける。しかしユダヤ人の魂が、本来所属する人びとのもとへ戻りたいとあまりにも強く熱望すると、最終的にその魂はユダヤの宗教、人びと、文化のもとへと戻るのである。（二二九）

レスターは、輪廻を信じることができるかどうかも分からない中で、この説を合理的に受け入れることはできないと感じるが、「ユダヤ人になることが、なぜこれほど絶対的な確信を伴う自己認識と、これほど深い平和、これほどの喜びをもたらすのかを理解したいと思う瞬間があったので、不思議な満足感を覚える」（二三〇）こととなる。

しかし、ユダヤ人の血が流れているとはいえ、「黒人でなければ、明日にでも改宗するだろう」と述べているように、黒人であるレスターがユダヤ教に改宗するためには「ユダヤ人に見えない」（一七三）と言われ続けることになることや「ユダヤ人からも黒人からも笑われる」（一九六）ことに対する覚悟が必要だったようである。実際改宗後もっとも頻繁に言われたのは、「黒人というだけでは、問題が足りなかったのですか」というコメントで、「多くのユダヤ人（及び非ユダヤ人）は、ユダヤ人として生まれたのでなければ、本当にはユダヤ人ではない」（二五五）と感じていたようである。しかし、レスターの見解によると、宗教心が強いユダヤ人ほどユダヤ人としてのレスターを受け入れる際の抵抗感が少なく、「世俗的なユダヤ人だけがレスターもユダヤ人であるということを受け入れることができない」（二五五）傾向があるという。

改宗直前の一九八二年の新年祭で、レスターは自分だけ肌の色が黒いことでアウトサイダーのように感じ、やはりユダヤ人にはなれないとも思うが、「死者を思い出す行為を通して、ユダヤの人びとに属していると確信が持てる」（二〇六）と綴っている。ユダヤ教への改宗においてユダヤ人の血は確かに重要な要因であったが、レスターとユダヤ人をつなぐのは、むしろこうした過去の記憶を通した想像力なのである。実際にレスターがユダヤ人を強く意識するようになったのは、学生時代にホロコーストについて読んだことがきっかけであった。

「嘆く石」（"The Stone That Weeps" 一九九〇）によると、レスターが初めてホロコーストを認知するようになったのは、一九五七年にレオン・ユリス（Leon Uris）の『脱出』（*Exodus* 一九五八）を読んだときだったという。ユダヤ人の苦しみと黒人の苦しみは違うものなのか、違うとしたらどのように違うのか――バスの後部座席に座らされることと、強制収容所で焼かれることとは違う――ユダヤ人は黄色のダビデの星をつけさせられたが、黒人の場合は、皮膚の色が星である――こういったことをレスターは考え続け、違いを表現できる作家になりたいと思うようになるのである。レスターは黒人の座り込み運動に参加しなかったときでも、ユダヤ人の苦しみには憤り嘆いたのだが、なぜそうだったのか自分でも分からないという。人種差別は受けたが、殺されたユダヤ人の子どもに比べると彼は生きているだけ幸運であり、そのために罪悪感を感じたという。死ぬべきでなかった同世代の人たちが多く亡くなり、彼もその一人でありえたのだとの思いに至らざるを得ないからである。にもかかわらず、黒人としての彼の悲しみは「同じ黒人のためだけにとっておかれるべきなので、殺されたユダヤ人のために嘆き悲しむことは禁じられているのか」（二六〇）とレスターは問い続けていた。

ユダヤ教に改宗したのは、「神を非常に愛し死に直面したとき祈祷を唱える人たちの一人になりたかった」（二七一）からだとレスターは説明する。彼がホロコーストに憑りつかれるのは、「悪を受け入れるまでは、自分が人間であることを受け入れることができず、神を神として受け入れることができない」（二七五）からであり、ホロコーストを合理的に理解するためではなく、「悲しむことで愛するため」、「弔い、悲しみ、悪をそのまま魂の中に入れ」（二七六）るためなのである。

6　おわりに

黒人であることとユダヤ人であることとは両立しうるのかという問いに対してレスターは、「もし黒人であることが、かつて何度も焼き直されてきたようなブラック・ナショナリズム（中略）黒人種に対する盲目的で無思慮の忠誠と同義であれば、私は黒人ではない」（*Lovesong* 二二〇）と自答している。レスターの想像力は、常に相手側の痛みにも向けられているので、「白人には黒人であることがどういうことか分からないと、黒人が白人に言う」ことに対しても、「異教徒にユダヤ主義やユダヤ人らしさが理解できるかどうかを考えたりすることに対しても、同じように不快感を感じる」（一八五）と述べている。なぜなら「こうした言説は文学、芸術、音楽を否定し、創造力の領域を無にし、人間が自分の孤独から別の人の孤独へと手を差し伸べ、双方の孤独を緩和することは不可能だと言うようなものだからである」（一八五）。一九八六年五月の安息日に、レスターはシナゴーグで初めて先唱者を務める。レスターはユダヤ教に改宗する前から、シナゴーグの前を通りかかったとき「痛みと美のメロディーが天に昇っていくのを聞き」（"The Stone That Weeps" 二六二）、先唱者になることに強い憧れを抱くようになっていたが、初めてシナゴーグで歌ったとき、会衆の声が彼の声と一緒になり、彼の声を通して「何世紀にもわたる黒人の苦しみが一〇〇〇年に及ぶユダヤ人の苦しみと一つに交じり合う」（二六二）のを感じ、「私と彼らの間に隔たりはない。私たちは音楽になった。私たちは祈りを体現している」（*Lovesong* 二五八）と当時の感動を記している。神への祈りと芸術が、肌の色の違いを超越するのである。

ユダヤ教に改宗した後レスターが自らの生きる姿勢についてまとめた以下の文章でもって、本稿を締めくくりたい。

私は「見えないもの」と「知りえないもの」を真剣にとらえ、それを尊重し、あたかも見ることができ知ることができるかのようにそれと関わりながら生きている。（中略）知っていようといまいと、われわれの中には聖なる場所がある。私は自分の中の聖なる場所から書き、あなたの中の聖なる場所に私の言葉が届くように書いている。

しかし、もしこの関係が存在しうるなら、自分の内にある「聖なる真実」の場所に対して自分で責任をとらなければならない。見えざるもの、知られざるもの、そうしたすべて——恐怖、畏怖、美——の中にある神秘に対して責任をとらなければならない。ユダヤ主義では、これを「宇宙の修復」と呼ぶ。つまり、宇宙を完全なものにするために一人一人が責任を負っているということである。そうするための唯一の方法は、われわれの内にある制御可能な宇宙の一部に対して責任を取ることである。（"Re-imagining the Possibilities" 二八九）

註

（1）一九六〇年代後半までのレスターの伝記的事実は、自伝『万事オーケー』（*All Is Well* 一九七八）に拠る。

（2）一九七〇年代後半以降の伝記的事実は、自伝『ラブソング――ユダヤ教への改宗』（*Lovesong: On Becoming a Jew* 一九八八）に拠る。

（3）贖罪の日の到来を告げる哀調を帯びた祈り。

引用・参考文献

Cole, Alyson. "Trading Places: From Black Power Activist to 'Anti-Negro Negro.'" *American Studies*, vol. 44, no. 3, fall 2003, pp. 37–76.

Learner, Michael, and Cornel West. *Jews & Blacks: A Dialogue on Race, Religion, and Culture in America.* Plume, 1995.

Lester, Julius. *All Is Well.* William Morrow, 1976.

——. "God and Social Change." *Cross Currents*, vol. 56, no. 3, fall 2006, pp. 303–11.

——. “James Baldwin.” *Falling Pieces of the Broken Sky*. Arcade Publishing, 1990, pp. 94–122.

——. *Lovesong: On Becoming a Jew*. E-book ed., Arcade Publishing, 1995.

——. “Re-imagining the Possibilities.” *The Horn Book Magazine*, vol. 76, no. 3, May / June 2000, pp. 283–89.

——. “The Responsibility of the Black Intellectual.” *Falling Pieces of the Broken Sky*, pp. 180–83.

——. “The Stone That Weeps.” *Falling Pieces of the Broken Sky*, pp. 254–76.

——. “Suddenly Jewish: Jews Raised as Gentiles Discover Their Jewish Roots.” *American Jewish History*, vol. 89, no. 1, March 2001, pp. 158–60.

広瀬佳司監修『新イディッシュ語の喜び』大阪教育図書、二〇一三年。

第九章　ジューイッシュ・クランズマンの不可視性と人種的両義性
――『ブラック・クランズマン』におけるサイドストーリー

中村善雄

1　はじめに

スパイク・リー（Spike Lee）監督の『ブラック・クランズマン』（*BlacKkKlansman* 二〇一八）は、一九七〇年代にコロラドスプリングズ市警でアフリカ系アメリカ人として初めて巡査となり、ＫＫＫ（アングロサクソン至上主義の秘密結社）へと潜入捜査を行なったロン・ストールワース（Ron Stallworth）の回顧録『ブラック・クランズマン』（*Black Klansman* 二〇一四）を原作としている。映画では、リー監督の代表作『マルコムX』（*Malcolm X*）の主演デンゼル・ワシントン（Denzel Washington）の息子ジョン・デヴィッド・ワシントン（John David Washington）演じる黒人刑事ロン・ストールワースがＫＫＫとの連絡役を担い、アダム・ドライバー（Adam Driver）演じる相棒フィリップ（フリップ）・ジマーマンがロンに扮してＫＫＫへと潜入する。ゆえに、この映画は二人一組というよりむしろ、二人で一人のロンを演じるバディムービーである。映画は実話に基づいているが脚色されており、原作からの変更点として、ロンの相棒の人物設定が挙げられる。原作ではフリップはチャックという名前で、単に白人という設定であった。しかし、第一稿を執筆した二人のユダヤ系脚本家チャーリー・ワクテル（Charlie Wachtel）とデヴィッド・ラビノウィッツ（David Rabinowitz）は、チャックをフィリップ（フリップ）・ジマーマンという名前に変更し、ユダヤ系刑事に変更した。その後、スパイク・リーと彼の脚本家ケヴィン・ウィルモット（Kevin Willmott）が第一稿に修正を加えたが、ユダヤ系刑事の設定は維持された。ユダヤ通信社の取材の中で、リー監督はその理由を、「ユダヤ人はＫＫＫの二番目のターゲットであり、アフリカ系アメリカ人もユダヤ人もＫＫＫに嫌われているからだ」と答え、意図的な改変であることを認めている（Pfefferman）。そしてこの変更によって、黒人がＫＫＫに潜入捜査を行なうブラック・クランズマンのメインストーリに加えて、ジューイッシュ・クランズマンのサイドストーリーが生じる。しかし、『ブラック・クランズマン』のタイトルの陰に隠れて、ジューイッシュ・クランズマンを通じたユダヤの問題を正面切って取り上げた論評や映画評は意外なほど少ない。そこで本稿では、人物設定をユダヤ人に変更したことに伴う波及効果と、そこから生じるレイシズムの複雑性を中心に検討してみたい。

2　ジョイントとしての映画

映画冒頭で、この映画は“Dis joint is based upon some fo’ real, fo’ real sh*t.”と明示されている。jointはリー監督独特の表現で映画を意味している。彼はインタビューの中で、「私の映画は一つでない。多くの異なる要素があって、主題やスタイルや音楽が絡み合っている。それがスパイク・リーのジョイント（映画）である」と、自身の映画の雑種性について言及している（Rapold 二六）。実際、冒頭部はその複合性を遺憾なく発揮している。『風と共に去りぬ』（*Gone with the Wind* 一九三九）の有名な一場面のカットインで映画は始まり、アトランタの広場に溢れかえる死傷者の群れのなかをスカーレット・オハラが縫って歩く様子を映し出し、最後に黒人差別やＫＫＫの象徴とされる南部連合旗が前景化されている。次に、同じ連合旗を共通項としたマッチカット技法によって、架空の白人至上主義者ケネブルー・ボーリガード博士の部屋へと場面展開されている。『風と共に去りぬ』の一場面は南部敗退を意味しているが、その後を引き継いだボーリガード博士は「戦い（battle）には負けたが、戦争（war）は続く」と語り、南北戦争の「戦い」（battle）の終結と、人種間の「戦争」（war）の継続性を示唆している。このbattleとwarの意図的な使い分けは、人種間の「戦争」がより広範囲で、より長期的なものであることを物語っていよう。その後、プレッシー対ファーガソン裁判の

「分離すれど平等」の法理を覆す一九五四年のブラウン判決や、白人と黒人の教育の融合を図ったリトルロック高校事件のドキュメンタリー映像がカットインされている。さらにアメリカの原罪と言える、KKKを英雄視したD・W・グリフィス（David Wark Griffith）監督の『國民の創生』（*The Birth of a Nation* 一九一五）の映像がカットインされ、黒人による白人女性のレイプ未遂やKKKの活躍の場面を映し出し、黒人の野蛮さと白人の勝利を訴えている。一方で、博士はユダヤ人が黒人と共謀して白人の価値転覆を図っているというユダヤ陰謀説を力説し、白人の危機を伝え、博士のモキュメンタリーな映像は終わる。リー監督は南北戦争の終結から、映画の時代設定となる一九七〇年代までの人種差別の歴史を、エポック・メイキングな映画やドキュメンタリー映像を引用する「ジョイント」的手法によって、紡ぎ出している。しかも博士の演説場面はモノクロ映像から途中でカラーへと切り替わり、世紀を跨《また》ぐ人種間の「戦争」（war）の継続性を可視化しているのである。

このハイブリッドな冒頭部は、ボーリガード博士役を演じた俳優アレック・ボールドウィン（Alec Baldwin）を介して、過去のみならず今日の政治的状況とも共振している。ボールドウィンは二〇一六年十月にNBCの長寿番組『サタデー・ナイト・デッド』のシーズンプレミアにて、当時大統領候補者であったドナルド・トランプ（Donald Trump）に扮し、ヒラリー・クリントン（Hillary Clinton）との第一回テレビ討論会のパロディを演じ、好評を博した。映画では、この事実を踏まえて、観客が（無）意識的にボールドウィンを媒介とし、ボーリガード博士の言説がトランプのそれと共鳴する仕掛けが施されている。その意図性は、映画後半にトランプのドキュメンタリー映像が挿入されていることからも明らかであろう。

リー監督はこのように「ジョイント」の名に違わぬ、引用的／メタ的手法を駆使して、この映画が内包する問題を一括りにし、困難な現実の真っ只中に、最も相応しい／相応しくない黒人とユダヤ人を投げ入れ、二重の意味でミッション・インポッシブルな世界を現出させているのである。

3　南部ユダヤ人の曖昧性とフリップの民族的アイデンティティの目覚め

ロンにとってはKKKへの潜入捜査は身の危険が伴う特別な任務であるが、他方、相棒のフリップにとって当初その意識は希薄であった。フリップの名字であるジマーマン（Zimmerman）はユダヤ系に多い名前で、ユダヤ系アメリカ人歌手ボブ・ディラン（Bob Dylan）の本名がロバート・アレン・ジマーマン（Robert Allen Zimmerman）であることはその一例である。それゆえ常にユダヤ性を帯びているが、フリップ当人は自身の民族性に頓着することなく、KKKへの潜入捜査も通常任務と考えている。彼は後にロンに対して、「ユダヤ人意識が低く」、ユダヤ人が周囲にいない環境で育ち、バル・ミツバといった宗教的な儀礼も受けなかったと吐露している。

南部ユダヤ人であるフリップがこのように発言するのも、あながち不思議ではない。一九五〇年代のアメリカ南部における人口比で、ユダヤ人が占める割合は〇・五パーセント以下であり（Forman, *Blacks* 三四）、北東部、中西部、南部、西部の四地域に分類した一九七〇年のユダヤ人の人口分布では、北東部が六三・二パーセントであるのに対し、南部ユダヤ人の人口は一一・五パーセントにすぎず、南部は四地域で最も少なかった（Sheskin 一六二）。

この過小な人口ゆえに、南部ユダヤ人は南部白人の動向に対して敏感であり、微妙な立場にあったと言える。ステファン・ホイットフィールド（Stephen Whitfield）は「南部ユダヤ人は態度も目立つことを慎み、生計を立てること以外欲しないようである」（Whitfield 二二四）と述べている。また賛否両論のある政治的問題に対して、彼らは明確なスタンスを表明することを避ける傾向にあった（Forman, *Blacks* 三四）。アンティベラム期においても南部ユダヤ人は奴隷制を受け入れ、公民権運動に対しては、黒人の現状に同情しながらも「臆病な友人」という立場を取り（北 二七六）、ブラウン判決に際しても、北部ユダヤ人が抱く黒人への心理的親近感を必ずしも共有していなかった。カール・アルパート（Carl Alpert）は、人種隔離政策に声高に異論を唱えない南部ユダヤ人を、黒人に対する不正の罪の共犯者であるとまで非難している（Alpert 一一）。ニューヨークに本部を置く、ユダヤの人権団体である名誉毀損防止同盟（ＡＤＬ）はブラウン判決を支持したが、ルイジアナやミシシッピー、バージニアの南部各州の支部は人種隔離制度撤廃の姿勢を再考する決議を行なっており（北二七五）、南部ユダヤ人と北部ユダヤ人との間には黒人問題に対して温度差があったと言えよう。

また、南部においては、総人口の半数近い数を占める黒人を抑制することが南部白人にとって最重要であり、そのために白人の結束が必要不可欠で、白人の各集団の差異は意図的に軽視された。ユダヤ人の場合も例に漏れず、ワスプとユダヤ人との間には明確な線引きがされず、アメリカにおいて南部のユダヤ人が初めて、何らかの特権をもった白人としての称号を得たのである（Forman, "Unbearable" 一二八）。南部ユダヤ人自身も少数ゆえに白人社会への順応を優先し、「黒人に対する差別体制への追従」と、白人としての振舞いを心掛けたのである（北 二七七）。

こうした白人社会へのユダヤ人の同調は、マイノリティとして自らがいつ差別・抑圧されるかという不安と表裏一体の関係にあった。その憂慮の根拠の一つとなったのが、一九一五年八月に起こったレオ・フランク事件である。アトランタの鉛筆工場のマネージャーであったユダヤ人レオ・フランク（Leo Frank）が、齢十三歳の少女メアリー・フェイガン殺害のかどで死刑判決を受け、暴徒によって刑務所から拉致され、リンチによって殺害された事件である（現在は冤罪と考えられている）。これは同年の『國民の創生』の大ヒットと共に、第二期のＫＫＫ復活の契機となった惨事であるが、この事件は南部ユダヤ人がいつ迫害される対象になるのか、人種的に極めて不安的な存在であることを示す恐怖の体験であった。それゆえ、少数派の南部ユダヤ人は現在の安定を維持するため、黒人の状況に同情的でありながらも、なお白人社会への融合を重視したのである。こうした南部ユダヤ人の状況を踏まえれば、周囲のユダヤ人の少なさや「白人」として歩んできたフリップの人生は特段異質なものではない。加えて、南部ではキリスト教要素を取り込んだ世俗的な改革派ユダヤ教の信奉者が多く、宗教的雰囲気が希薄な環境で育ったことも十分考え得る。

しかし、コロラドスプリングズ支部への潜入捜査を始めた途端、フリップは自らが差別対象となり得る現実を思い知らされる。支部潜入の初日に、組織内でも過激なレイシストであるフェリックスに、執拗にユダヤ人か否かを確認される。彼はフリップの面前で、「ユダヤ殺し」と名付けた自前の散弾銃を披露し、ホロコースト否定論を展開して、フリップをうそ発見器にまでかけようとする。挙句の果てには銃で脅しながら、フリップの割礼の有無まで調べようとし、彼は激しい反ユダヤ主義の洗礼を浴びるのである。それゆえフリップにとって、KKKへの潜入捜査は従来顧みることのなかった自身の民族的アイデンティティを再考する契機となったのである。同時に、白人を自認していたフリップは、単に白人として「パッシング」していた現実を思い知るに至る。彼は自分の属する人種的カテゴリーから差別され得ることと、自己の不安定な民族的アイデンティティに直面するのである。ロンが手に入れたKKKの会員証の受け取りの拒否は、フリップのユダヤ人としての自覚の裏返しを意味するであろう。

4　アフリカ系アメリカ人とユダヤとの類似性と歴史的連携

ユダヤ人の不安定かつ曖昧な人種的位置づけについての議論は二十世紀に始まったわけではない。サンダー・L・ギルマン（Sander L. Gilman）によれば、十九世紀の人種科学の中で、ユダヤ人は黒人か、あるいは少なくとも浅黒いと見なされ、その黒さが醜さや皮膚の病理的変化のしるし、人種的劣等性や人種的境界の越境と結び付けられた（Gilman 一七一－七六）。自身もユダヤ系であるジークムント・フロイト（Sigmund Freud）は、ユダヤ人を「間の子」のイメージを用いて、「全体としてみれば白人に似ているが、何がしかの目立った特徴において黒人の血統であることを表し、そのため社会から排除され、白人の特権を何も享受していない人々」（Freud 一九二）と評している。

それゆえ、ユダヤ人と黒人は類似した立場にあり、黒人作家ジェイムズ・ウェルダン・ジョンソン（James Weldon Johnson）は「我々の権利に対する戦いと同様に、ユダヤ人も彼ら自身の権利のために戦っている」と、差別・迫害される両者の共通性と共感について言及している（qtd. in Rogin 九九）。ユダヤ人側（特に北部ユダヤ人）も黒人へのレイシズムに対して同情的であり、公民権運動の組織「全米黒人地位向上協会」（ＮＡＡＣＰ）の創設をユダヤ人は支援した。公民権運動家であったヘンリー・モスコウィッツ（Henry Moskowitz）を始め、看護師であったリリアン・ウォルド（Lillian Wald）、聖書学者にしてラビのエーミール・ヒルシュ（Emil G. Hirsch）、改革派の指導者スティーヴン・サミュエル・

ワイズ（Stephen Samuel Wise）らユダヤ人がこの組織の設立者に名を連ねている。一九三一年には、アラバマ州で九人の若い黒人が貨物列車内で二人の白人女性を強姦した罪で逮捕投獄され、一人に終身刑、残り八名に死刑の判決が下った捏造事件である「スコッツボロ事件」が起こったが、彼らの弁護を担当したのは著名なニューヨークのユダヤ人弁護士サミュエル・リーボヴィッツ（Samuel Leibowitz）であった。ちなみに、この事件は二〇〇六年に『ヘブンズ・フォール』（*Heavens Fall*）と題して、映画化されている。さらに映画の文脈で言うと、一九八八年制作の『ミシシッピー・バーニング』（*Mississippi Burning*）は、一九六四年六月二十一日にミシシッピー州で公民権運動家たちがKKKの団員によって殺害された事件を映画化している。三人の被害者がいたが、その内訳は、地元の黒人活動家のジェイムズ・チェイニー（James Chaney）と二人のニューヨーク州出身のユダヤ人アンドリュー・グッドマン（Andrew Goodman）とマイケル・シュヴェルナー（Michael Schwerner）であった。特に第二次世界大戦後の一九四五年から公民権法の成立する一九六四年まで、全体として黒人とユダヤ人は人種差別に対して連携し、その期間は「黄金時代（Golden Years）」（Forman, *Blacks* 三二）と称された。

しかし、黒人とユダヤ人との連携は人種差別主義者の怨嗟《えんさ》の対象となり、人のみならず、公民権運動の支援を行なう南部ユダヤ人施設に対する爆破事件が散発した。佐藤によれば、南部において、一九五七年から六八年までに、知られているだけで十三件の爆破事件が起こったとされている（佐藤 九四–九五）。『ドライビング Miss デイジー』（*Driving Miss Daisy* 一九八九）にはその事件の一つが挿入されており、一九五八年十月十二日に、車に乗ったデイジーと運転手ホークの目の前で、公民権運動の支援者であったジェイコブ・ロスチャイルド（Jacob Rothschild）がラビを務めるアトランタのシナゴーグが爆破されている。

ＫＫＫによる爆破事件はリー監督にとっても不可避な問題であった。一九六三年九月十五日にアラバマ州バーミンガムにある十六番通りバプテスト教会がＫＫＫに爆破され、四名の死者を出した事件を『フォー・リトル・ガールズ』（*4 Little Girls* 一九九七）と題して映像化している。これはドキュメンタリー映画であるがゆえ、事実の変更はなかったが、リー監督は実話をベースにしながらも脚色された『ブラック・クランズマン』においては、逆にＫＫＫによる爆破計画の阻止を図っている。組織内でも過激派であるフェリックスやアイヴァンホーらが、公民権運動家にして歌手のハリー・ベラフォンテ（Harry Belafonte）がジェシー・ワシントン・リンチ事件を語る集会場の爆破を計画するも、それをロンとフリップの連係によって阻止させている。そればかりでなく、フェリックスの妻コニーが仕掛けた爆弾が誤って夫らの乗った車を爆破するという自業自得的な顛末を用意した。この爆破事件は実話ではないが、現実で起こったＫＫＫによる数々の爆破事件を、映画という虚構の世界で食い止め、なおかつ彼らに死の鉄槌を下しているのである。

5　デイヴィッド・デュークのＫＫＫと反ユダヤ主義

ロンとフリップが潜入捜査を行なったＫＫＫは何も唯一の団体ではない。ＫＫＫの歴史は大別して三つの時期に分けられるが、第三期に当たる一九七〇年代は、一九六四年の公民権法の成立を受けて、各地で様々な組織がＫＫＫを名乗り活動していた時期であった。ロンとフリップはコロラドスプリングズの一支部に潜入捜査を行なっていたが、ロンがＫＫＫの更なる実態を探るべく、この組織のトップであるデイヴィッド・デューク（David Duke）と接触することで、さらにＫＫＫの反ユダヤ主義的性格が明らかになっていく。

デュークは一九六八年にルイジアナ州立大学に入学したが、キャンパス内でナチスの軍服を身につけ、闊歩していたネオナチ活動家であった。渡辺によると、彼は七〇年に白人青年同盟という学生団体を設立したが、この組織は「国家社会主義白人党」の下部組織に当たり、この前身は「米国ナチ党」であった（渡辺 四二）。大学卒業の翌年の一九七五年には「ＫＫＫの騎士団」を設立し、最高幹部の称号である「グランド・ウィザード（偉大なる魔術師）」の地位に就き、この団体をＫＫＫ最大の組織に育て上げた。映画の舞台となるコロラドスプリングズ支部はその組織の一つであり、この団体からはトム・メッガー（Tom Metzger）やルイス・ビーム（Louis Beam）ら有名なネオナチ指導者を輩出している。一九六四年の公民権法制定後、ＫＫＫがナチ化した事情もあるが、こうした経歴をもつデュークの登場は、ＫＫＫのナチ化と反ユダヤ主義をさらに方向づけたのである。また、デュークはＫＫＫの過激なイメージを変えるために、映画では描写されていないが整形手術を受け、メディア戦略に力を注いだ。ロンとの電話越しであれ、実際に対面した時であれ、画面の中のデュークは、フェリックスやアイヴァンホーのような粗野でレッドネックな末端会員とは異なり、常にスーツに身を包み、知的でスマートな印象を醸し出している。ＫＫＫの実態をオブラートに包み、そのソフト化を印象付け、会員を増やす戦略の一環であるが、興味深いことに、彼の「偽装」はそれだけに留まらない。ロンとフリップが人種・民族を偽り、ＫＫＫの内部捜査を行なったように、実際のデュークも黒人過激派の内情を知るために自身を偽装したことがある。彼はモハメドＸ（Mohammed X）というペンネームで黒人になりすまし、白人との抗争に有効な格闘法を記した『アフリカン・アット』（*African Atto*）なる書物を一九七三年に執筆している。郵送のみの販売であったが、その方法で購入者の名前と住所を集めて、黒人活動家のリスト作成を試みたのである（Bridges 七六―七七）。

その後のデュークは、映画のなかで上司のトラップ巡査部長がロンに語るように、政界に進出し、ホワイトハウスを目指していく。映画の場面にはないが、デュークは一九八〇年にＫＫＫから退き、新たに白人優越主義の「全米白人振興協会」を設立し、マイノリティ優遇措置をはじめ、移民や犯罪や税制改革といった広範な社会問題を取り上げ、南部白人の受け皿にならんとした。ロンは巡査部長に対して、国民はデュークのような男を選ばないと一笑に付しているが、その後の彼の活動を辿ると、巡査部長の主張には現実味がある。デュークは一九八九年から九三年までルイジアナ州の下院議員を務め、一九九二年には共和党の大統領予備選挙に出馬した。途中脱落し、ホワイトハウスへの夢は潰《つい》えたが、元KKK最高指導者が予備選挙レベルとはいえ、共和党の大統領候補となった事実は無視できない。その後、デュークは権威付けのためか、ウクライナ非政府教育機関である人事管理地域間アカデミーにて歴史学の博士号を取得したが、二〇〇八年にアメリカ国務省はこの教育機関を「東ヨーロッパにおいて最も根強い反ユダヤ主義の機関の一つ」と名指している（U.S. Department）。加えて、博士論文のタイトルは「民族至上主義の一形態としてのシオニズム」であり、ロシアで二〇〇三年に出版された彼の著作名は『ユダヤ人至上主義――ユダヤ問題に関する私の目覚め』（*Jewish Supremacism: My Awakening to the Jewish Question*）であった。デュークは白人至上主義者で黒人差別もさることながら、生粋の反ユダヤ主義者なのである。フェリックスはフリップがユダヤ系か否かの確認に躍起になったが、デュークの歩みから逆照射すれば、彼の執拗な訊問はこの組織の性質を忠実に反映したものと言えよう。

この映画におけるデュークの役割は、組織の反ユダヤ主義的性格付けに寄与するだけでない。リー監督は、彼の主張が映画公開当時、つまり二〇一〇年代後半の政治的状況と共鳴するように意図している。一九七〇年代のデュークがフリップのKKK入会式後の演説の中で、メンバーらと共に

「アメリカ・ファースト」を連呼し、祝杯を挙げる場面がある。トランプの政治的スローガンである「アメリカ・ファースト」が、過去にKKKの白人至上主義を象徴するスローガンとして用いられていた事実を観客に呼び起こさせ、逆にトランプのスローガンに白人至上主義の言説が内包されていることを映画は示唆している。トランプが「アメリカ・ファースト」を標榜するたびに、KKKの亡霊がいやが上にも立ち現れてくるのである。さらに、映画の最後には、二〇一七年にシャーロッツビルの惨劇を引き起こした「ユナイト・ザ・ライト・ラリー」の参加者たちをトランプが擁護する場面を映し出すが、その場面の後に、参加者の一人であったデュークが、この集会はトランプが提唱したアメリカを取り戻す第一歩と発言する場面が続き、映画はトランプとデュークの発言の連続性を強調している。渡辺は「ユナイト・ザ・ライト・ラリー」を発起したオルトライトの源流の一人にデュークを挙げているが、かつてのグランド・ウィザードは今なおアメリカの人種問題に影響を及ぼしているのである（渡辺 六七）。

6 「開かれる」物語と「間の子」としてユダヤ人

映画の最終場面は黒人への爆破事件を未然に防ぐことに成功し、コロラドスプリングズ支部の過激派メンバーが誤爆によって死ぬことでこの地域のＫＫＫの脅威が消え去り、ここでロンの潜入捜査の物語は「閉じられる」。事件後、ロンはデュークに電話で自分が黒人であると暴露し、欺かれていたデュークの間抜けさを周りの巡査部長や同僚の刑事と共に笑い、この時点で黒人刑事が活躍するブラックスプロイテーション映画であるとの印象を植え付けている。しかし、意図的な演出か否かは定かではないが、この電話の場面でフリップだけは画面に背を向け、彼の反応だけは不確かで、観客に一抹の不安を与えている。

その後、ロンとブラックパンサー党幹部にして恋人のパトリスが二人の今後を話し合っている部屋でノック音がし、ドアを開け、二人が扉に続く廊下を滑るように進むと、突き当りの窓からは十字架を燃やすＫＫＫの儀式が展開されている。つまり、この扉は一度「閉じられた物語」を再び「開く」扉であり、廊下は一種のタイムトンネルと化して、人種差別の物語がその後も継続していることを示している。そして興味深いのは、白の三角頭巾を被ったＫＫＫの一人がその隙間からフリップと思《おぼ》しき人物の下半分と、クローズアップで彼と思しき眼を映し出していることである。リー監督はこの覆面の正体についてコメントしていないが、先の電話の場面でのフリップの不明瞭な反応と相まって、ここでフリップは一体何者なのかという疑問が生じるのである。振り返れば、フリップはＫＫＫ内で支部長のウォルターに冷静沈着ぶりを見込まれ、新人ながら次期支部長として推薦されるほどの信頼を勝ち得た。フェリックスのホロコースト否定論に対しては、寄生虫のユダヤ人を始末した良い機会であったとホロコーストをむしろ賞賛している。射撃訓練では躊躇なく標的の黒人像を正確に撃ち抜き、『國民の創生』の鑑賞場面ではKKKの登場に誰よりも早く反応して、大仰な拍手喝采を送っている。ユダヤ人との疑いを払拭する目的で、ユダヤ人嫌悪を全面的に出した作為的な行動と考えられるが、過去の言動と三角頭巾から垣間見えるフリップと思しき姿は、白人対黒人・ユダヤ人という単純な構図が成立し得ない不気味さを齎《もたら》している。高村は原作名が *Black Klansman* であるのに対して、映画では *BlacKkKlansman* と変更されたことで、黒人とKKKの二項対立ではなく、両者が連続し、差延的関係が成立していると指摘している（高村 七〇）。黒人のKKK会員への偽装がこの二項対立を攪乱したのは当然であるが、それに加えて、ユダヤ人が両者間の連続性を助長したのではないだろうか。黒人との連帯性を有しながら、同時にパッシングして白人と成り得る、ユダヤ人の「間の子」的位置づけは、Black と Klansman の結節点とその攪乱として機能するポジショナリティを可能にする。そのように考えると、電話の場面でのフリップの反応の不明瞭さやフリップと思しきKKKの団員の姿は、白人と黒人の人種的狭間にいるユダヤ人、特に南部ユダヤ人のアイデンティティを反映したものと考えられる。加えて、白人と黒人の両者間に連続性を生み出す題名に変更することで、映画は差別される側の人間が差別する側の人間へと転じる可能性を示唆しており、差別する／される関係が同定できない差延的状況と人種問題の複雑さと奥深さを浮き彫りにしているのである。

この曖昧さと不気味さを宿したKKKの儀式の場面から、現代アメリカへとタイムスリップした場面は、まさに差別する／される関係の複雑性を物語っている。二〇一七年八月十一日、十二日にバージニア州のシャーロッツビルで開催された極右集会「ユナイト・ザ・ライト・ラリー」の参加者たちが「ホワイト・ライブズ・マター」(White Lives Matter)を唱和し、対して反対者たちが「ブラック・ライブズ・マター」(Black Lives Matter)を叫ぶ姿はクロスカッティングによって対比され、一見単純な二項対立的図式を描き出している。

しかし、前者の集団が「血と土」(Blood and Soil)や「ユダヤ人を我々に取って代わらせない」との言葉を唱和しながら行進する場面が映し出され、「ホワイト」と「ブラック」の間にユダヤ人が加わっている。ちなみに「血と土」はドイツの政治家リヒャルト・ヴァルター・ダレー(Richard Walther Darré)の『血と土を基礎とした新しい貴族』(*Neuadel aus Blut und Boden* 一九三〇)によって広まった用語で、アーリア民族の「血」と祖国ドイツを意味する「土」を意味し、その優生学的思想をナチス・ドイツは利用し、ネオナチの標語ともなっている。翌十二日の同市の奴隷解放公園での「ユナイト・ザ・ライト・ラリー」の参加者たちも黒人差別の象徴たる南部連合旗と共に、ハーケンクロイツの旗を手にし、反ユダヤ主義のイデオロギーを鮮明にしている。しかしユダヤ人が射程に入れられただけでなく、二つのデモ集団が衝突した場面では白人対黒人というよりも、むしろ白人同士の殴り合いが印象付けられている。最後には、当時二十歳のネオナチのジェイムズ・フィールズが車でカウンターデモの集団に突入し、その犠牲となったヘザー・ヘイヤーのアップ写真や多くの負傷者を出した映像が提示されている。「ホワイト・ライブズ・マター」の信奉者が、白人ヘイヤーの命を奪う皮肉な結末と、人種間の騒動のカオス的状況が強調されているのである。リー監督はその状況を象徴するかのように、逆さまの星条旗を映し出し、映画は幕を閉じる。合衆国法典第四編第一章には「生命や財産に極度の危険がある場合に塗炭《とたん》の苦しみを示す信号として使用する場合を除き、国旗を下に向けて掲揚してはならない」(U. S. Code)と規定されているが、この逆さまの星条旗は、人種問題が複雑化し、現代アメリカが危機を迎えていることを如実に伝えていよう。そして、この星条旗は映画冒頭の『風と共に去りぬ』でクローズアップされた南部連合旗と呼応し、映画は国旗で始まり、国旗で終わることで、南部連合旗が象徴する人種問題がいまだ未解決であることを可視化しているのである。

リー監督の演出はこれで終わりでなく、エンディングロールの曲も象徴的な意味を孕んでいる。使用された曲はリー監督自身がMVの監督を務めた亡きプリンス(Prince)の遺作「マリアよ、嘆かないで」("Mary Don't You Weep")である。この曲はスワン・シルヴァートーンズ(Swan Silvertones)やピート・シーガー(Pete Seeger)、『マルコムX』のエンドロールで「いつか自由に」("Someday We'll All Be Free")を歌ったアレサ・フランクリン(Aretha Franklin)らによってアレンジを加えられながら歌い継がれた。「ヨハネによる福音書」にある兄ラザロの死を嘆き悲しむベタニアのマリアをイエスが慰める場面に基づいた曲であるが、元来、歌詞には「ファラオの軍は海に沈んだのだ（"Pharaoh's army got drownded"）」と、「出エジプト記」への言及が織り込まれている。黒人霊歌として定着し、一九六〇年代の公民権運動にて盛んに歌われた曲であるが、黒人とユダヤ人の辛苦と嘆きの、主旋律と副旋律の重奏的調べがこの映画のラストメッセージとなっているのである。

引用・参考文献

Alpert, Carl. "A Jewish Problem in the South." *The Reconstructionist* 12, no. 3 (1946): 11.

Bridges, Tyler. *The Rise of David Duke*. Jackson: UP of Mississippi, 1994.

Feagin, Joe R. "Foreword: A Nation of Sheep." *Screen Saviors: Hollywood Fictions of Whiteness*. Lanham: Rowman & Littlefield Publishers, 2013.

Forman, Seth. *Blacks in the Jewish Mind: A Crisis of Liberalism*. New York: New York UP, 1998.

——. "The Unbearable Whiteness of Being Jewish: Desegregation in the South and the Crisis of Jewish Liberalism." *American Jewish History* 85, no. 2(1997): 121-42.

Freud, Sigmund. *The Standard Edition of the Complete Psychological Works of Sigmund Freud*. Vol.14. London: Hogarth Press, 1971.

Gilman, Sander. *The Jew's Body*. New York: Routledge, 1991.［サンダー・L・ギルマン『ユダヤ人の身体』管啓次郎訳、青土社、一九九七年。］

Pfefferman, Naomi. "Spike Lee: The Jewish Character in 'BlacKkKlansman' Added a Lot of 'Complexity' to the Film." *Jewish Telegraphic Agency*. 12 February, 2019. Web. 〈https://www.jta.org/2019/02/12/culture/spike-lee-the-jewish-character-in-blacKKKlansman-added-a-lot-of-complexity-to-the-film〉

Rapold, Nicolas. "Get Me Rewrite." *Film Comment* 54, no. 4(2018): 26-27.

Rogin, Michael. *Blackface, White Noise: Jewish Immigrants in the Hollywood Melting Pot*. Berkeley: U of California P, 1996.

Sheskin, Ira M., and Arnold Dashefsky. "Jewish Population in the United States, 2012." *American Jewish Year Book 2012*. Dordrech: Springer, 2013.

Stallworth, Ron. *Black Klansman: Race, Hate, and the Undercover Investigation of a Lifetime*. New York: Flatiron Books, 2014.

United States Code. "Title 4-Flag and Seal, Seat of Government, and the States." 27 December, 2021. Web.

〈https://uscode.house.gov/view.xhtml?path=/prelim@title4&edition=prelim〉
U. S. Department of State. "Contemporary Global Anti-Semitism: A Report Provided to the United States Congress." 13 March, 2008. Web.
〈https://2009-2017.state.gov/j/drl/rls/102406.htm〉

Whitfield, Stephen. "Jews and Other Southerners." *Voices of Jacob, Hands of Esau: Jews in American Life and Thought*. Hamden, Conn.: Archon Books, 1984.

北美幸「「白人性」議論のユダヤ系アメリカ人への適用の可能性」『法政研究』七〇巻第四号、二〇〇四年。

高村峰生「「稲妻（の速さ）で歴史を書く」――『國民の創生』と『ブラック・クランズマン』における引用、真実、歴史」『ユリイカ』青土社、二〇一九年。

渡辺靖『白人ナショナリズム――アメリカを揺るがす「文化的反動」』中公新書、二〇二〇年。

第一〇章　被差別者としての確執と融和
――アメリカ映画に見るユダヤ系とアイルランド系表象

伊達雅彦

1　はじめに

エスニシティという観点から改めてハリウッド映画を眺めると、例えばユダヤ系の登場人物が出ている映画で、しばしばアイルランド系の人物が平行して描かれている事例が散見される。そしてそれらの作品はその二つのエスニシティの確執ではなく、どちらかと言えば融和を描いているように見える。ハリウッド映画におけるユダヤ人表象の代表格は、ホロコースト映画に見られるような反ユダヤ主義の犠牲者としてのそれである。他にも、ウディ・アレン映画で出会う自虐的・自嘲的なセルフ・イメージとしての表象や、ジュー・ヘイター（ユダヤ人嫌い）による揶揄《やゆ》や非難の矛先としてのユダヤ人表象等がある。一方、アメリカ映画におけるアイルランド系の人物表象は、主に警官や刑事、あるいは消防士にその例が多い。アメリカに移民後、それらの職業に伝統的に就いてきたアイルランド系の人々が、実際にそうした表象を生み出す基盤、実績を歴史的に作ってきたからである。「ユダヤ」に「アイルランド」のキーワードを掛け合わせて一般的に想起されるのは、例えばジョイスの『ユリシーズ』のレオポルド・ブルームなどだろうか。アイルランドの作家によるユダヤ人表象だが、ジョイスは『ユリシーズ』の中で反ユダヤ主義者ディージーに「アイルランドはなぜユダヤ人を迫害したことのない唯一の国なのか」という問いかけをさせ、その上で「それはユダヤ人を絶対に国に入れなかったからだ」と答えさせている。もちろん、これは事実に反する逆説的な答えであり、十九世紀後半に多くのユダヤ人がアイルランドに移民し、アイルランドで多くの社会問題を引き起こした。当然のことながらユダヤ人の移民先はアメリカに限ったことではなかったのである。

ルドルフ・グランツ（Rudolf Glanz）に依《よ》れば、その二つのエスニック・グループがアメリカ映画などで同時に描かれるのは相互に友好的で融和する可能性が高いからなのではなく、その二つの組み合わせに大いなる異議が唱えられるからなのだと言う（一六六）。つまり現実世界では「非現実的な組み合わせ」ということで、衆目を集める設定なのだろう。グランツはユダヤ系とアイルランド系の組み合わせには意外性があり、ユーモアに繋がる契機になるとも指摘している。一方、例えば、ローリィ・フィッツジェラルド（Rory Fitzgerald）は「一見して、アイルランド人とユダヤ人は根本的に違っているように思える」としつつも、「一皮むけば、出生時に引き離された双子のようにも見える」[1]と、その共通性や類似性について言及している。

本論では、アメリカの映画作品に見られるユダヤ系とアイルランド系の人物設定を追いながら、この二つのエスニシティがどのような関連の中に表象されているかを確認したいと思う。そして、ユダヤ系とアイルランド系という異なる二つのエスニシティの確執と融和の諸相を考えていく。

2　『黄昏のブルックリン・ブリッジ』——ユダヤ系とアイルランド系男女の結婚物語

ユダヤ系とアイルランド系の人物を、エスニシティを明示した上で正面からその関係性を描いた例として、まずメナハム・ゴーラン監督の『黄昏のブルックリン・ブリッジ』[2]（*Over the Brooklyn Bridge* 一九八四）を取り上げよう。この作品の主人公はブルックリンで簡易食堂を経営しているユダヤ系のアルビー・シャーマンである。「冴えない独身中年男性」の設定で、演じているのはエリオット・グールド、彼自身もユダヤ系俳優としてよく知られている。最初の妻、バーブラ・ストライサンドもユダヤ系の女優として長年ハリウッドで活躍してきたので、グールドのユダヤ系俳優というパブリック・イメージは広く浸透していると言える。つまり、この作品において主人公の設定と俳優自身のエスニシティは合致しており、それは明らかに意図されたものだ。そのため、観客もおそらくスムーズに作品世界に入っていけたものと推測される。

監督のゴーラン自身もイスラエル出身のユダヤ系である。主に一九八〇年代にハリウッドでキャノン・フィルムズを率《ひき》いてプロデューサーや監督として実績を残した映画人として知られる。ただ、彼が携わった作品の多くは商業主義的なアクション娯楽作品がそのほとんどを占めている。従って、この『黄昏のブルックリン・ブリッジ』は、主人公のユダヤ系としてのエスニシティやアイデンティティを扱っている点で、ゴーランの作品群の中では異色作と呼べる。この作品に登場するアイルランド系は、主人公アルビーの恋人エリザベスであり、基軸となるのはこのエスニシティの異なる二人の結婚を巡る物語である。エスニシティの違いが障壁となり周囲から結婚を反対され破局寸前になるものの、最後は無事結ばれてハッピーエンディングとなる筋立てだ。結婚を巡る紆余曲折の物語として見れば単なるラブストーリーに過ぎず、エスニシティに着目しなければ映画としては特筆すべき点は殆どない。

しかし、エスニシティの点から見直すと興味深い設定に支えられた作品と言えよう。素朴な疑問は、なぜこの二人が恋人関係になったのか、という部分である。ブルックリンの安食堂の冴えない中年男とニューヨークのファッション業界で活躍するキャリアウーマンが恋人同士の設定は、前提として当初からそこにある。彼らの出会いやその後のプロセスの説明は一切ない。エリザベスを演じているのはアーネスト・ヘミングウェイの孫娘マーゴ・ヘミングウェイである。マンハッタンで働く自立した女性を見事に演じた。そのような女性とエリオット・グールド演じる下町で生きる中年男性の馴れ初めへの言及は多少なりとも必要なのではないかと思われる。こうした設定自体にもし違和感がないとすれば、グランツの仮説は間違いなく揺らぐ。アイルランド系とユダヤ系の男女の組み合わせは、おそらく観客にとっては想定外のものではなく、実は可能性のあるカップリングということになる。

この結婚に反対しているのは、主にアルビー側の親戚である。エリザベスがアイルランド系であるためにユダヤ人コミュニティから拒絶されるのは、アルビーの帰属するコミュニティがユダヤ系の中でも特にハシド派コミュニティだからであろう。ボアズ・イェーキン（Boaz Yakin）監督の『しあわせ色のルビー』（*A Price Above Rubies* 一九九八）でも描かれたように、ハシド派ユダヤ人にとって非ハシド派ユダヤ人との結婚は、そのハシド派コミュニティからの離脱、あるいは追放に直結する。『しあわせ色のルビー』のユダヤ系主人公ソニア・ホロウィッツは、プエルトリコ人男性との出逢いから自由度の高い非ユダヤ世界を知り、女性としてのリベラルな生き方を見つけ、生まれ育ったハシド派コミュニティを去る。これが『しあわせ色のルビー』が描いた物語だったが、アルビーの場合も同様で、エリザベスとの結婚がコミュニティへの背信行為となり、親族との絶縁を意味する状況になる。

アルビーの父は既に他界した設定である。それゆえ、父親の兄、つまり伯父がアルビーの父親代わりで一族の長となっている。会社を経営しているこの伯父ベンジャミンは、アルビーよりも経済的に裕福だ。大きな家に住み、人並み以上の家庭生活を営んでいるシーンの挿入で、彼のアメリカ社会における商業的成功は十全に可視化されている。ベンジャミンが持つその経済感覚、金に対する嗅覚の鋭さは様々な角度から描かれ、定型の「商売上手なユダヤ人」として表象される。アルビーへの資金援助の条件にアイルランド系女性との婚約破棄を提案し、ユダヤ系女性との結婚を提示したのもこの伯父ベンジャミンである。

作品中、マンハッタンの街角で、このベンジャミンがタクシーの運転手にイタリア系と間違われるシーンが出てくる。タクシーの運転手はプエルトリコ人だ。アルビーの店を手伝う若者はアフリカ系であり、ベンジャミンの取引相手は日本人である。こうした多種多様なエスニシティが混在する都市が描かれる一方で、結束の名の下に排他的で内向化したユダヤ人コミュニティが描かれていく。アルビーもベンジャミンも世俗化したユダヤ人であり、ハシド派コミュニティとは関係を持ちつつも、ハシド派の外観はしていない。一族の婚礼シーンでは、ベンジャミンはそれでもキパ（ユダヤ教徒の室内帽）を頭に乗せてはいるが、アルビーが頭に乗せているのはニューヨーク・メッツの野球帽である。しかしながら、そうしたハシド派コミュニティに籍をおくアルビーに作用するコミュニティからの引力はかなり強烈だ。エリザベスとの結婚を実現するには、その引力を振り切らなければならない。振り切る側も振り切られる側も相当のエネルギーが必要となる。作品のクライマックスとも言うべきアルビーとベンジャミンの激しい殴り合いは、お互いが持つエネルギーの衝突に他ならない。ハシド派ユダヤ人コミュニティの強力な束縛を振り切るためにはおそらく暴力的なまでの動力が必要なのであって、それが殴り合うという実際の暴力の応酬シーンを生んでいる。映画はアルビーの苦悩を通して、その背後にある強固なハシド派ユダヤ人コミュニティを仔細《しさい》に描いていく。それに対峙させられているのが「アイルランド系」エリザベスなのである。

しかし、注意すべきはエリザベスが露骨な差別を受けるわけではない点だ。アルビーに会うためハシド派コミュニティを訪れた際にも、その長老たちからむしろ丁重に対応されている。ただ、その丁重さとは裏腹にやはりそのコミュニティの内部に受け入れてはもらえない。この場面を見る限り、ハシド派コミュニティの非ユダヤ人に対する態度は不寛容ではあるものの、決して相手を見下してはいない。それはエリザベスを非ユダヤの他者として認識し、水平方向に「静かに」遠ざけておく意識のように見える。それゆえ長老たちとエリザベスの対話は空転する。ハシド派の他者を見る意識は上下関係に根差したものではなく、むしろ対等な関係なのだが、対等でありながらも歩み寄りを拒絶し、その距離を保とうとする力学に支えられている。ユダヤ系ゴーランが描いたこうしたユダヤ系側の「差別」は、表現としては当然穏当なものになるだろうが、他者を頑なに受け入れないエスニック・グループとしての穏やかな不寛容さは厳然と示されている。

3 『デトロイト・ロック・シティ』と『スリーウイメン／この壁が話せたら』
――サイドストーリーに見るユダヤ系とアイルランド系

『黄昏のブルックリン・ブリッジ』に登場するユダヤ系とアイルランド系の人物はいわゆる恋愛関係にある。このパターンを取る例としては他に『デトロイト・ロック・シティ』（*Detroit Rock City* 一九九九）や後述する『僕たちのアナ・バナナ』（*Keeping the Faith* 二〇〇〇）等がある。エスニシティ間の心理的な溝を、ある意味男女の恋愛感情で乗り越えようとするパターンである。

『デトロイト・ロック・シティ』の背景は一九七八年オハイオ州クリーブランド、タイトルは当時ハードロックバンドとして絶頂期にあったＫＩＳＳの楽曲名から採《と》られている。物語は、ＫＩＳＳの熱烈なファンである男子高校生四人組が、そのコンサートを見たい一心で巻き起こす騒動を描いた学園コメディで基本的にシリアスな要素はない。この作品の場合、主人公のひとりジェレマイアがアイルランド系、そのクラスメートの女子高校生ベスがユダヤ系の設定である。彼女はジェレマイアに好意を寄せており、彼も「戸惑いつつ」も拒絶はしない。つまり、ユダヤ系女子高校生がアイルランド系男子高校生に対し、どちらかと言えば「押しかけ女房」的に果敢にアプローチする体裁を取っている。ジェレマイアの方が物語中、一貫してベスに「押されている」ため、どこか滑稽でユーモラスな空気が二人の間には漂っている。エスニシティの異なる二人ではあるが、そこに否定的な眼差しはなく、この作品の場合、エスニシティの違いは二人の関係にとって特段の障壁とは描かれない。例えばベスは、アイリッシュ・カトリックのジェレマイアが、教会での告解《コンフェッション》の最中、その告解室に飛び込んで来て告白《コンフェッション》する。彼女は己の恋愛成就のためならエスニシティに拘《こだわ》らないユダヤ系女子高校生なのだが、アイルランド系男子高校生にとってユダヤ系の彼女はやはり「普通の彼女」ではなく、どこか波乱含みの「逸脱した彼女」なのだろう。この設定はユダヤ系とアイルランド系の高校生の恋愛がおそらく障壁含みのものであることを前提的に示しており、それがエスニシティに起因している点は『黄昏のブルックリン・ブリッジ』と同じである。

　ただし、この作品の場合、二人のラブストーリーは単なるサイドストーリーで、ユダヤ系とアイルランド系の物語はあくまでサブ・プロットとして組み込まれているに過ぎない。物語全体が、ロック狂の男子高校生たちの浮かれた日常を描いた作品である点を考えれば、「押しかけ女房ベス」の存在は、そうした学園コメディを側面から補強するための要素であり、ドタバタを加速させる補助装置にすぎない。先述のグランツの言葉を借りれば「ユーモアに繋がる契機」なのだろう。『デトロイト・ロック・シティ』の監督はアダム・リフキンだが、彼自身もユダヤ系であり、この部分のエスニシティ設定が意識的なのは言うまでもない。

『デトロイト・ロック・シティ』同様、メインストーリーにではなく、サイドストーリーに埋め込まれたユダヤ系とアイルランド系人物の設定をもうひとつ見て行こう。一九九六年に製作された『スリーウイメン／この壁が話せたら』（*If These Walls Could Talk*）で、中絶問題を扱った三部構成のオムニバス形式のテレビ放映用映画である。その第三部の主人公に設定されているのがアイルランド系の大学院生クリスティン・カレンである。彼女は担当教官である妻子持ちの大学教授との不倫の結果、予期せぬ妊娠をしてしまう。大学教授から手切れ金を渡された彼女は自己嫌悪に苛《さいな》まれ半ば自暴自棄になる。教授は「白人」ではあるが、その不道徳性のためか、彼のエスニシティは明示されない。クリスティンの口から語られる彼女自身の家庭環境は「厳格なアイリッシュ・カトリック」である。アイリッシュ・カトリックには、「信心深い」「信仰心篤《あつ》い」というパブリック・イメージが付随するが、彼女はまさにこのイメージ下に置かれている。先述の『デトロイト・ロック・シティ』に登場するＫＩＳＳは、そのバンド名が「悪魔の騎士団」（Knights In Satan's Service）に由来するとされ、ジェレマイアの母親が「信心深い」アイリッシュ・カトリックであることで善悪の対比が鮮明になり、コメディ的な面白味が増していた。

『スリーウイメン／この壁が話せたら』の設定も同じで「信心深いアイリッシュ・カトリック」の家庭に育ったクリスティンだからこそ、不倫関係での妊娠が精神的に彼女を追い詰める。プロライフかプロチョイスかの二者択一の局面に立ち至り、深い悔悟《かいご》の念に駆られ、彼女のカトリックとしての宗教的態度は動揺する。加えて「白人」の大学教授に「軽視されるアイルランド系」の構図もエスニック・グループとして彼らが歴史的に受けてきた被差別者のイメージを再確認させる。

ではこの映画においてユダヤ系人物はどのような形で設定されているのか。実は、クリスティンが中絶手術を受けるために訪れるクリニックの看護師がユダヤ系なのである。アメリカ映画において医者や弁護士、会計士がユダヤ系の例は珍しくないが、医者と同様、この作品でも医療従事者の枠内に登場する。このユダヤ系看護師がアイルランド系主人公の不幸な妊娠を知り親身に相談に応じ、結果としてクリスティンは中絶を決心する。二つのエスニシティの相違は、ここでは男女関係ではなく女性に限定された中絶問題、つまり女性性というジェンダーの部分で共闘関係になり、乗り越えていくパターンを取っている。補足的に言えば、彼女の中絶を後押しする親友のルームメイトはアフリカ系である。オムニバス映画を構成する三つのエピソードのうちの一つとはいえ、宗教的にも繊細な中絶問題を扱う作品だけに、エスニシティの設定にも細心の注意が払われているように見える。

4 『八月の雪』——温厚な代表者としての少年と老人

テレビ用映画として二〇〇一年に製作された『八月の雪』(*Snow in August*)の舞台は、一九四七年のブルックリンである。主人公はアイルランド系の少年マイケル、その相手役がユダヤ系の老人ハーシュで、端的に言えばこの物語はアイルランド系の少年とユダヤ系の老人の交流を描いている。原作は一九九八年に発表されたピート・ハミルの同名の小説である。(3) マイケルとハーシュの出会いはある意味「宗教的」だ。ハーシュは実はユダヤ教のラビで、ある日、彼のシナゴーグの傍を偶然通りかかったマイケルに援助を求めて声をかける。初対面のユダヤのラビに突然声をかけられたマイケルは困惑しつつも断り切れずに、促されるままシナゴーグの中に入る。ラビがマイケルに頼んだのは室内の電灯のスイッチを入れるという、ただそれだけのことだった。実はその日はユダヤ教の安息日だったのである。

ユダヤ教における安息日は厳格で、労働全般が禁じられている。ケヴィン・アッシュ監督作に、ユダヤ系のジェシー・アイゼンバーグがハシド派の青年を演じた『バッド・トリップ』(*Holy Rollers* 一九九八)がある。その中に安息日の朝、ゴミ出しを近所の目を気にしてこそこそと隠れて行なうシーンが出てくるが、これは家の中のゴミを戸外に出すルーティンですら禁則事項に触れることを意味している。厳格なユダヤ教の教えに従えば安息日には車の運転もできないし、電気のスイッチを入れる行為すら「労働」と見なされるため固く禁じられている。ユダヤ教徒であれば、たとえ部屋が暗くても安息日には室内灯のスイッチを入れる行為すら許されないのである。しかし、現実には不自由や不便も多々あり、それゆえに「安息日の異邦人(サバス・ゴイ)」という「回避策」が存在する。つまり、安息日の規律に縛られない非ユダヤ教徒を雇って、日常の仕事をしてもらうのである。マイケルはこの「安息日の異邦人」としてラビに声をかけられたのだった。ラビはマイケルに「スイッチを入れてくれた」労働に代金（おこづかい）を渡している。

この作品におけるアイルランド系少年とユダヤ系老人の交流は「安息日」という宗教的色彩が強い日に始まる。そして、その日を境に二人は日々親交を深めていく。渡米間もないラビにマイケルは英語を教え、ハーシュはマイケルにイディッシュ語を教える。ハーシュはラビであり当然ユダヤ教に殉じる人間だが、マイケルにも宗教的な背景が施されている。実は彼は毎週、近所のカトリック教会でミサの手伝いをしている「キリスト教の侍者《じしゃ》」なのだ。つまり、ここではユダヤ教とアイリッシュ・カトリックという二つの宗教が、それぞれハーシュとマイケルに体現されており、「温厚な代表者」とも言うべき少年と老人を通して、二つのエスニシティが反発する危険性を回避し融和していく様子が描かれている。

物語としては、ある日、ラビが近所のアイルランド系の不良少年グループに暴行を受ける反ユダヤ主義的な事件が起こる。入院したラビの仇《かたき》を討つべくマイケルがシナゴーグの地下でユダヤ伝承のゴーレムを作り、復讐を果たす。アイルランド系の反ユダヤ主義的暴力行為に正義の鉄槌を下すのもアイルランド系なのである。この作品を観る場合、単に「少年と老人の交流」の視点だけではやはり不十分であり、「アイルランド系少年とユダヤ系老人の交流」というエスニシティを含めた視点が必要とされるだろう。

5 『夏休みのレモネード』——アイルランド系少年とユダヤ系少年

『八月の雪』同様、主人公に「少年」を配した作品としては、他にピート・ジョーンズ監督作『夏休みのレモネード』(*Stolen Summer* 二〇〇二)がある。舞台は一九七六年のシカゴ、主人公ピート・オマリーは八歳になるアイルランド系の少年である。一方のユダヤ系の相手役は、ピートより一歳年下のダニー。注目すべきは彼らの父親の職業である。ダニーの父親は「ラビ」、ピートの父親は「消防士」なのだ。消防士は警官と同様、過去アイルランド系の人々の多くが就いてきた職業であることは先に述べた。一方、ラビはユダヤ系の人々にとっても誰もが就ける一般的な職業とは言えず、職業人口としては多くないものの、どちらもそれぞれのエスニシティが持つパブリック・イメージを意識した設定と言えるだろう。

物語は、ある日学校のシスターから「善行を積まねば天国には行けない」と指導されたピートが、夏休みを利用して善行を成そうとひとつの計画を立てるところから始まる。兄ジェイマスに異教徒をキリスト教に改宗させ天国への道を開いてやればそれが善行になると聞いたピートは、ユダヤ教徒をカトリックに改宗させる計画を立て、近所のシナゴーグへと足を運ぶ。そこでラビ・ジェイコブスンと出会ったピートは、ラビの息子ダニーと友達になり、彼をカトリックに改宗させようと決意する。要するにこの作品は「改宗」というデリケートで難しい問題を、子供の視点、子供の交流を通して描こうとしている。従来の商業主義的なハリウッド映画が積極的に採用する類のテーマではない。そもそもこの作品の脚本は、マット・デイモンとベン・アフレックが企画した新人脚本コンテスト「プロジェクト・グリーンライト」に応募された約一万二〇〇〇本の中から選ばれたものだ。

ではそうした難しいテーマに、この作品はどのような回答を用意しているのだろうか。つまり、ピートはダニーの「改宗」に成功するのか否かが、『夏休みのレモネード』の見所のひとつとなる。しかし残念ながら、結果的にこの物語はその回答を明示しない。なぜならダニーは作品の最後で死亡するからである。しかもそれはどんでん返し的に起こる「死」ではなく、予期された「死」となっている。ダニーはピートと出会った時点で既に白血病に冒《おか》されている。最終的にダニーは「天国へ行った」可能性が暗示されるものの、それは改宗の成就を意味しない。物語はアイルランド系ピートとユダヤ系ダニーのエスニシティを超えた友情と思いやりの存在だけは示しており、二つのエスニシティの融和の可能性を示唆してはいる。だが、それは「子供同士」の関係の中で展開され完結した物語であり、「大人同士」の関係にまで拡張して語られているわけではない。むしろ大人同士のレベルでは、ふたつのエスニシティの融和の可能性は閉じられているように見える。

ダニーの父ジョーは先述の通り消防士だが、物語の中盤、ラビ・ジェイコブスンの自宅が火事となり、そこからラビの家族を救出する。職務としての救助ではあったが、ラビにとってジョーは身内の命の恩人に他ならない。それを契機にラビとジョーは、それぞれダニーとピートの父親の立場で「親交」を持つ。だが、自分の息子たちがそれぞれ相手の息子に影響を受け始めると、その「親交」にも波風が立ち始める。温厚なラビも息子が食事の際、アイリッシュ・カトリック式の祈りを捧げるのを目の当たりにして動揺を隠せない。ジョーの描写に至っては「アイルランド系＝消防士＝肉体派」のステレオタイプを忠実に再現した形だ。荒々しい口調で息子にユダヤ系少年ピートとの関係を絶つよう、高圧的に命令する父親ジョー。ユダヤ系とアイルランド系の少年同士の友情も、親世代では歓迎も容認もされない様子が描かれる。ジョーのジェイコブスン家に対する反発は反ユダヤ主義と言うほど悪意に満ちたものではないが「ユダヤ」に対する反感や拭いきれない嫌悪感があることは間違いない。消火活動に対する感謝から、大学進学希望のシェイマスにシナゴーグとして奨学金の供与を申し出ても、ジョーはプライドが許さず受け取りを拒否する。ユダヤ人コミュニティから奨学金の提供をある種の「施し」と認識する時点で、ジョーの心の奥底に隠された、ユダヤ人に対する差別意識や敵愾心を看取することも可能だろう。

ジョーを演じたのはエイダン・クインだが、彼自身も両親がアイリッシュ・カトリックのアイルランド系である。しかも、この作品の舞台であるシカゴで生まれ育っている。ジョーの妻マーガレットを演じたのはボニー・ハント、彼女もまたシカゴ生まれで父親がアイルランド系だ。一方、ラビ・

ジェイコブスンを演じたケビン・ポラックも、彼自身がユダヤ系である。つまりこの作品でも、主要な登場人物のエスニシティと演じる俳優のエスニシティが完全に一致している。アメリカの観客がその部分をどれほど意識的に見ているのかは不明だが、制作側のキャスティングとしては当然意識していただろう。この映画がエスニシティや改宗という微妙なテーマを持つだけに、俳優のエスニシティにまで気を配ったことは想像に難くない。

ダニーは終盤で他界し、ピートとの現実世界での友情は途切れる。シナゴーグを背景にしたラストシーン、残されたピートとラビ・ジェイコブスンの交流が続く可能性は示されるが、ピートを車で迎えに来たジョーは車から降りる気配を見せない。運転席からラビに向けられた視線はラビに受け止められるものの、ラビも軽い会釈をするだけで車に歩み寄ることはない。相互に距離を保った構図は、二人の間に横たわる物理的な距離だけでなく、心理的な距離をも表しているようにも見える。ただ、この距離は水平方向に離れているのであって、上下に開いているわけではない。『黄昏のブルックリン・ブリッジ』で見たように、ここでも一方が他方を見下す位置関係ではないのである。アイルランド系とユダヤ系に間に横たわる「距離」はそれ故、相互に差別的でありながらも「白人対黒人」の間に存する距離感とは違い、他者を「遠ざける」排他的で、「相手のテリトリーに入らない」相互不可侵的な様相を呈する。『夏休みのレモネード』の終幕は、二つのエスニシティの融和と受け止めるには微妙な終幕と言えるだろう。

6 『僕たちのアナ・バナナ』――ユダヤ系とアイルランド系男女が織り成す三角関係

アイルランド系とユダヤ系の人物として、恋愛関係にある男女、子供と老人、子供と子供、女性同士という組み合わせを用いて作品に対立構図を持ち込まず、両者の関係を平和裏に成立させようと企図している作品を例に取ってきた。逆から言うとアイルランド系とユダヤ系の成人男性同士を物語の基軸に据えた映画は非常に少ないと言える。それは移民時代の歴史を顧みれば容易に想像がつく。

ニューヨークのローワー・イースト・サイドには十九世紀末から多くのユダヤ人が流入したが、その頃既にアイルランド系移民は「先住者」としてアメリカで生活していた。つまりアイルランド系移民にとってユダヤ系移民は「新参者」であり「遅れて来た人々」だった。彼らの目にユダヤ系移民は自分たちの仕事を奪う敵に映ったのであり「迫害の対象」になった。立場を変えれば、ユダヤ系移民は移民後のアメリカ社会への参入をアイルランド系に阻まれたのである。レオナルド・ディナースタイン（Leonard Dinnerstein）に依れば「ユダヤ人は（アイルランド系が多い）警察に守ってもらえないだけでなく、その警察の迫害から庇護される必要があった」（二八三）ほどで、ジェイムズ・

ヤフェ（James Yaffe）は「ユダヤ人はカトリック教徒が他のキリスト教徒よりも反ユダヤ主義者であるという確信」を持っており、「だからこそユダヤ人は反カトリックなのだ」と指摘している（四九―五〇）。ゆえにそもそも犬猿の仲とも呼べる両者の融和を描く映画は必然的に少なくなる。しかしながら、それでも皆無という程ではなく、最後に俳優として有名なエドワード・ノートンの初監督作品として注目を集めた『僕たちのアナ・バナナ』を取り上げよう。ノートン自身はユダヤ系ではないが、プロデューサーの一人で脚本も担当したスチュアート・ブラムバーグはユダヤ系として知られる。

この作品の主要登場人物は、ジェイク・シュラム、ブライアン・フィン、アナ・ライリーの幼馴染三人組である。物語は九〇年代のニューヨークを舞台に十六年ぶりに再会する、エスニシティや宗教の異なる彼らの微妙な恋愛模様を描いたロマンティック・コメディだ。ベクデル・テストも通過した「正しい映画（righteous film）」でもある。内容に比して堅い感じの原題（*Keeping the Faith*）が付いているのは、このジェイクとブライアンの職業と関係する。ジェイクはユダヤ教のラビ、ブライアンはアイリッシュ・カトリックの神父の設定になっている。ジェイクを演じたベン・スティラーはユダヤ系のコメディアンとしてつとに有名で、ここも妥当な配役と言えよう。他方、ブライアンを演じたのは監督でもあるノートン自身だが、彼はキリスト教エピスコパル派の家庭で育った背景を持つ。ユダヤ系でもアイルランド系でもないものの、アイリッシュ・カトリックの神父という役柄に特段の違和感はない。アナを演じたジェナ・エルフマンは父方がクロアチア系、母方がアイルランド系で、この作品でもブライアンと同じアイルランド系として設定されている。つまりこの作品は、ユダヤ教のラビとアイリッシュ・カトリックの神父とアイルランド系女性の幼馴染三人組の三角関係を描いたものと言える。「信仰」と「幼馴染の女の子」の二択に迫られる若き二人の聖職者の物語と言い換えてもよい。しかし、通常ラビは同じユダヤ系女性との結婚が望まれるし、神父はそもそも結婚ができない。つまり、二人の前には宗教上の壁が立ち塞がる。恋愛にエスニシティ、宗教的要素を絡めている点は『黄昏のブルックリン・ブリッジ』と同じだが、ジェイクもブライアンも親友同士だけに事情は更に複雑になっていく。

ラビのジェイクはシリアスなラビではなく、先述の通りベン・スティラーが演じているだけにコミカルでユーモラスなラビだ。ユダヤ系女性との結婚を望まれているラビでありながら、ユダヤ系の女性とではなく最後はアイルランド系のアナと結ばれる。結局、この作品ではユダヤ系とアイルランド系の登場人物が共に成人男性のパターンを表面的には取ってはいるものの、幼馴染という「子供」時代からの友情関係が背景に強固に組み込まれ、真に成人男性同士の関係を描いた映画ではない点も忘れてはならないだろう。

7　おわりに

マーティン・スコセッシ監督作品『グッドフェローズ』（*Goodfellas* 一九九〇）の主人公ヘンリー・ヒルは、一九五〇年代から八〇年代にニューヨークで暗躍した実在のアイルランド系マフィアとして知られる。本論で言及している他の作品が「フィクション」であるのに対し、この作品の原作はニコラス・ピレッジによる同名のノンフィクションである。映画内でも描かれているように、ヒルは二十二歳の時にユダヤ系のカレン・フリードマンと結婚する。要するに、ここでのアイルランド系男性とユダヤ系女性の恋愛は「現実」の物語である。彼女はヘンリーがマフィアである事実を知らずに結婚した逸話が残っているが、映画内ではヘンリーの方からカレンにアプローチしていく様子が描かれている。お互いに身内からは反対されたようだが、その反対を押し切って二人は結婚に踏み切った。ヘンリーがユダヤ教に改宗したものの、それで結婚が歓迎されたわけではなく、作品中に再現された二人の結婚式シーンには祝賀ムードには程遠い冷ややかな空気が流れている。結婚式に参列した両家の人々のギクシャクした様子から判断して、このエスニシティの異なる二人の結婚はやはり「現実」にも難しい側面があったことを物語っている。

多民族国家アメリカでは、娯楽である映画でさえも、あるいは娯楽である映画だからこそ、エスニシティ設定には無関心ではいられないのかもしれない。ユダヤ系とアイルランド系の組み合わせが設定としてしばしば用いられるのも、多民族国家故のある種の「配慮」なのだろうか。アメリカ映画がホワイト・ウォッシュ等の白人至上主義的態度で時に批判を受ける一方で、アフリカ系に配慮する事実はよく知られているが、アイルランド系も白人としては、アフリカ系に劣らず蔑まれ差別されてきた歴史的経緯がある。その点で「非黒人」でありながら、差別の対象になってきたユダヤ系と同一視されるのは当然なのだろう。トム・ウルフの『虚栄の篝火《かがりび》』(*The Bonfire of the Vanities* 一九八七)に出てくるユダヤ系とアイルランド系の刑事コンビは、ワスプの容疑者を追い詰めるプロセスで結束する。彼らにとってワスプが共通の「敵」であることもまた事実のようだ。つまりユダヤ系とアイルランド系を結び付けるのは「被差別の社会的弱者」の連帯感である。アメリカ社会の底辺とまでは言わなくても、片隅で生きてきた者同士の「世の中の見え方」「眼差しの在り様」に共感・共鳴する要素があるように思われる。

しかしながら、こうした映画の表象例から、ユダヤ系とアイルランド系の共生や融和が望まれている、あるいは進行していると断じるのは早計だろう。なぜなら、今回取り上げた作品の主人公関連のカップリングは、既述の通り男女関係であったり、子供同士であったり、子供と老人の関係に限定されているからだ。ユダヤ系とアイルランド系という二つのエスニシティの間の壁を超える手段に「男女の愛情」や「子供の友情」「老人の真心」を使うのは、そうした特定の条件下でしか、その壁を超えることはできないという限界をも同時に露呈していることにならないだろうか。ユダヤ系とアイルランド系の成人男子の組み合わせの表象例が少ないことも先に述べた。『僕たちのアナ・バナナ』は希少な例だが、そこにすら宗教的寛容さが緩和剤として注入され、主人公の二人が子供時代を共有した幼馴染である設定が施されているのを看過してはならない。

少なくともアイルランド系の基本的な宗教はアイリッシュ・カトリックであり、ユダヤ系はユダヤ教である。いずれにせよプロテスタント国家アメリカでは両者共に宗教的にもメインストリームには乗れない間柄と言えよう。少数派宗教グループ同士の「仲間意識」が存在することを指摘したのは先のヤフェである。移民後の経緯を見ても共に差別側ではなく、被差別側に立たされてきた。差別のされ方に違いがあっても、被差別者としての共通の悲哀、苦悶や鬱積があっても不思議ではない。アイルランドの作家ブレンダン・ビーハン（Brendan Behan）は言う。「他の連中には国籍がある。アイルランド人とユダヤ人にあるのは精神不安だ」[4]と。そうしたネガティブな要素を媒介に、共闘精神や相互理解や相互憐憫が時の経過と共に醸成された面があるのかもしれない。一面的には、全く異なるエスニック・グループの両者ではあるが、多面的に見れば共通項も多い。冒頭で触れたグランツとフィッツジェラルドの言葉は、結局はアイルランド系とユダヤ系の複雑な関係を違った方向から同時に言い当てているに過ぎないのではないだろうか。反発しつつも被差別という共通項で共感し合う関係、アメリカ映画はその捻じれた関係にしばしば目を向けざるを得ないのだろう。

註

（1）https://www.jpost.com/Opinion/Op-Ed-Contributors/　ローリィ・フィッツジェラルドはその名前から容易に判断できるようにアイルランド系のジャーナリストである。

（2）『黄昏のブルックリン・ブリッジ』という邦題は、原題（*Over the Brooklyn Bridge*）の意味を伝えたものにはなっていない。この原題はもちろん「ブルックリン・ブリッジを超えて（マンハッタンに向かう）」の意味である。ブルックリンに暮らす簡易食堂経営のユダヤ系の中年男性が、マンハッタンに豪勢なレストランを所有するまでのサクセス・ストーリーを暗示したタイトルであって「黄昏」という日本語で通常想起される下降的要素は作品中どこにもない。

（3）ピート・ハミルは日本ではコラムニストやジャーナリストのイメージが先行するが、小説、ノンフィクション、脚本分野の仕事も多い。ハミル自身もアイルランド系でブルックリン出身である事実を考慮すれば、この小説にはおそらく自伝的側面があり、リアルな記憶が土台になった部分もあると推測される。

（4）https://www.brainyquote.com/quotes/brendan_behan_384224

引用・参考文献

Archdeacon, Thomas J. *Becoming American*. New York: Free Press, 1983.

Boyarin, Jonathan., & Boyarin, Daniel. *Powers of diaspora: two essays on the relevance of Jewish culture*. Minneapolis: University of Minnesota Press, c2002.

Dinnerstein, Leonard. "The Funeral of Rabbi Jacob Joseph." in Gerber, David A. ed. *Anti-Semitism in American History*. Chicago: University of Illinois Press, 1986.

Epstein, Lawrence J. *American Jewish Films. The Search for Identity*. Jefferson: McFarland & Company, Inc., 2013.

Erens, Patricia. *The Jew in American Cinema*. Bloomington: Indiana University Press, 1984.

Fitzgerald, Rory. "The Irish-Jewish connection." *The Jerusalem Post*. March 17. 2010. web. 〈https://www.jpost.com/Opinion/Op-Ed-Contributors/〉

Glanz, Rudolf. *The Jew in Early American Wit and Graphic Humor*. New York: Ktav Publishing House, 1973.

Miller, Kerby and Wagner, Paul. *Out of Ireland: The Story of Irish Emigration to America*. Montgomery: Elliott & Clark Pub, 1994.『アイルランドからアメリカへ』茂木健 訳、東京創元社、一九九八年。

Yaffe, James. *The American Jews*. New York: Random House, 1968.

結城英雄『「ユリシーズ」の謎を歩く』集英社、一九九九年。

結城英雄・夏目康子編『アイリッシュ・アメリカンの文化を読む』水声社、二〇一六年。

あとがき

本書は日本ユダヤ系作家研究会の二〇二〇–二一年度活動成果の一部である。通常であれば、毎年三月と九月に開催される定例の研究会で出版企画に関する話し合いが行なわれるが、コロナ禍で二〇二〇年三月例会は中止、同年九月、二〇二一年三月、九月の例会はオンライン開催となった。日本国内の様々な学会同様、本協会も活動に苦慮した二年だったと言える。新規出版企画に関する十分な話し合いの機会も持てないまま時は過ぎたが、「持てないから今年度の出版企画は中止です」とはならないのが本研究会の特徴で、それならばということで今回は広瀬佳司会長が複数提案したテーマから「現代アメリカ社会のレイシズム」を選んだ。原案提示が二〇二〇年九月六日、時まさにブラック・ライブズ・マター（ＢＬＭ）運動で全米が騒然となっていた時期だ。同年五月二十五日、ミネアポリス近郊で起こったアフリカ系アメリカ人ジョージ・フロイド殺害事件を契機に全米に広がりを見せた抗議デモのニュースは、日本でも連日報道された。広瀬会長の出版趣意書に記された

「文学者も現代社会に何か示唆を与えるような仕事をすべき」という言葉にクイック・レスポンスを見せた会員が今回の執筆陣である。本研究会は「ユダヤ系アメリカ文学」が前提的テーマであり、サブタイトル「ユダヤと非ユダヤの協力と確執」も用意された。九月二十二日には陣容がほぼ固まり、いざ出航。原案提示から約二週間というスピーディな船出だった。締め切りは二〇二一年九月末日、約一年の航海を執筆者各人が無事に終え、原稿が集まった。その後、査読と修正を繰り返し本書となったが、広瀬会長の言葉に沿った成果にたどり着けたか否かについては読者諸賢の判断を仰ぐしかない。本書が社会において差別とは何かというシンプルな問いに対し、いくらかでも新しい視点を提供できていれば幸いである。

二〇二〇年は結果的にトランプ大統領のラスト・イヤーとなった。「アメリカ・ファースト」を掲げたトランプ大統領の四年間、アメリカには様々な歪みが生じ、多くの「分断」がもたらされたと言われる。ジョー・バイデンはそうした分断を解消し、アメリカ人全てが「結束」することの必要性を説きそれを旗印に大統領選挙戦に臨み、そして勝利した。さらに就任演説では、新型コロナウィルスによるパンデミック、経済危機、気候変動、そして人種差別を四つの「歴史的危機」と位置づけ、その危機の克服に取り組む姿勢を示した。

パンデミック、経済危機、気候変動の三つはある意味、各国が抱える世界共通の課題であるのに対し、ＢＬＭに代表される人種差別の問題はアメリカの歴史的課題とも言え、根が深い。トランプ前大統領時代にその問題は解決されるどころか悪化の一途を辿った。こうしたエスニシティを巡る問題を大きな課題と認識するバイデン大統領自身のエスニシティは、父方がイギリス系、母方がアイルランド系である。宗教的に言えば、ケネディ大統領以来のカトリックを信仰する大統領となる。一方、トランプ前大統領の父方はドイツ系、母方はスコットランド系である。ちなみに、トランプの娘婿ジャレッド・クシュナーは敬虔なユダヤ教徒で、トランプの長女イバンカは、結婚に先立ちユダヤ教に改宗している。ジャレッドとイバンカの子供は当然ユダヤ教なので、ドナルド・トランプにはユダヤ人の子供と孫がいることになる。一言でエスニシティと言っても綺麗に線引きできるわけではないし、日本語における「人種」や「民族」という言葉も曖昧なまま使われることが多い。

そうした様々なエスニシティの人々が暮らす多民族国家アメリカにおける差別問題を、他人事としてばかりはいられないニュースが日本にも流れる。スペインの人気サッカーチーム、バルセロナ所属の選手ウスマン・デンベレとアントワーヌ・グリーズマンによる日本人を侮辱する動画がSNS上に流出、拡散し人種差別として問題になっている、と二〇二一年七月二日、英紙『デイリー・メール』が報じた。動画は、デンベレとグリーズマンの二〇一九年の訪日時、滞在先のホテルで日本人スタッフを部屋に呼んだ際、撮影されたものらしい。デンベレが、日本人スタッフ三名に対し「醜い顔ばかりだ。恥ずかしくないのか」、「どんな後進国の言葉なんだ」、「お前の国は技術的に進んでいるんじゃないのか」等の侮蔑的な発言を繰り返し浴びせ、グリーズマンと共に笑い合っている様子が映されていた。映像自体もショッキングだが、さらに驚くのはデンベレがアフリカ系で自らもBLM運動に関わり、差別の根絶を叫んでいたという事実だ。

もうひとつ。二〇二〇年、開催予定の東京オリンピックがコロナ禍で延期となり、一年遅れで、賛否両論渦巻く中開催された。エンブレムの盗作問題から始まって、様々なスキャンダルが付きまとった大会だったが開催間際にあるスキャンダラスなニュースが報じられる。開会式・閉会式のショーディレクターに任じられていた小林賢太郎が、過去、お笑いコンビ「ラーメンズ」で活動していた頃「ユダヤ人大量惨殺ごっこ」の言葉を用い、ナチスのユダヤ人大虐殺をお笑いのネタにしていた事実が判明したのである。これに対し、ロサンゼルスに本部を置くユダヤ系の国際人権団体サイモン・ウィーゼンタール・センター（SWC）が即日「反ユダヤ主義的発言」だとして、これを厳しく非難する声明を出した。「たとえどれほどクリエイティブであっても、ナチスに虐殺された犠牲者たちを笑いものにする権利は誰にもない。ナチス政権は、障がいを持つドイツ人もガス室で殺した。この人物が東京オリンピックに携わることは六百万人のユダヤ人の記憶を侮辱し、パラリンピックをひどく嘲笑することになる」と。SWCは一九七七年に設立され現在は四十万人以上の会員を擁する強力な人権団体である。一九九五年一月、文藝春秋の雑誌『マルコポーロ』が「アウシュヴィッツにはガス室はなかった」というホロコーストを否定する記事を掲載した際も、SWCはこれに強く抗議し『マルコポーロ』は事実上廃刊に追い込まれる。今回、大会直前ではあったが小林賢太郎はディレクターを解任された。
この二例はジョージ・フロイド殺害事件とは違い、いわゆる「言葉の暴力」による事件だ。しかし、その暴力的な言葉や差別的な言葉を口にしなければ、それで済む問題ではない。八〇年代のポリティカル・コレクトネス（Political Correctness）による言葉狩りを揶揄したフィリップ・ロスの『ヒューマン・ステイン』の映画版で、アフリカ系の登場人物アーネスティンはその行き過ぎた言葉狩りを見て嘆息交じりにつぶやく。「人間はどんどん馬鹿になる。私は今だって使うわ、ニグロを」。あらゆる差別用語を洗い出し、言い換え、時にそれを葬っても、この世界から差別自体がなくなるわけではない、差別は言葉に宿っているのではなく、人の心に宿っているのだ、アーネスティンはそう語る。では人の心から何を葬り去れば、この世界から差別がなくなるのか。

最後に、ここで昨年上梓した本協会の前回の出版企画『ジューイッシュ・コミュニティ』の「あとがき」として書いた拙文の一部を引用する。

この「あとがき」を書いている現在（二〇二〇年四月十一日）、世界中で新型コロナウィルスが猛威を振るい、日本でも人々は罹患の危機に晒されている。ひと月前の三月十一日、ＷＨＯ（世界保健機関）はパンデミックを宣言したが、終息の気配は未だに感じられない。「人類対ウィルス」というＳＦジャンルでしかお目にかからないようなセットフレーズが新聞の見出しに躍るほど地球規模で感染が広がり続けている。アメリカのジョンズ・ホプキンズ大学の集計によると全世界での感染者数は約一五〇万人、その内の約九万人が死亡した。

前回企画本の「あとがき」を書いている時に、次の出版企画（本書）の「あとがき」でまたもやコロナについて書かなければならないとは夢にも思っていなかった。トランプ政権は姿を消したが、コロナはまだそこにある危機のままだ。「人類対ウィルス」の戦いは今なお続いている。同じジョンズ・ホプキンズ大学による一年後、本年四月十七日のデータを見ると、新型コロナウィルスによる感染者は世界全体で一億四〇〇〇万人近く、死者が三〇〇〇万人を超えている。単純計算で感染者がおよそ九十三倍、死者が三十三倍である。

去年の今頃は無くて、今あるものはワクチンだが、ここでもまたワクチンを巡る差別問題が起こっている。アラバマ州にあるベスタビア・ヒルズのキンバリー・クック市議会議員が、ワクチン未接種者はナチス・ドイツがユダヤ人に着けた黄色いダビデの星のように、胸ポケットの所に金色に輝くU（Unvaccinated：ワクチン未接種）の文字のバッジを付けることになるだろうと、ワクチンパスポートの導入をホロコースト時代のナチスのユダヤ人政策に例えて物議を醸した。ナチス・ドイツのユダヤ人政策とコロナ政策を同じ俎上に載せたことで当然のごとく抗議や非難が殺到、クックは謝罪に追い込まれた。コロナは多くの人体だけではなく、人心までをも冒し蝕み、差別問題も引き起こしている。差別は人種差別にとどまるわけではなく、人間社会にはいつの時代のどのような場所にも存在し、新たな差別の種も時代の推移と共に絶えず萌芽している。いずれにせよ、次の企画本の「あとがき」に再度コロナのことを書かなくても済むような状況になっていることを切に願っている。

改めて本書の出版をご快諾頂いた彩流社の竹内敦夫社長、また編集者の朴洵利さんに感謝の意を表したい。本研究会としては、『ユダヤ系文学と「結婚」』から数えて六冊目となる彩流社からの出版である。

二〇二一年　コロナ感染拡大が収まりつつある十月
さいたまにて　伊達雅彦

本協会の過去の出版企画の成果としては次のようなものがある。

二〇〇九年『ユダヤ系文学の歴史と現在』（大阪教育図書）

二〇一二年『笑いとユーモアのユダヤ文学』（南雲堂）
二〇一三年『新イディッシュ語の喜び』（大阪教育図書）※翻訳
二〇一四年『ユダヤ系文学に見る教育の光と影』（大阪教育図書）
二〇一五年『ユダヤ系文学と「結婚」』（彩流社）
二〇一六年『ホロコーストとユーモア精神』（彩流社）
二〇一七年『ユダヤ系文学に見る聖と俗』（彩流社）
二〇一九年『ユダヤの記憶と伝統』（彩流社）
二〇二〇年『ジューイッシュ・コミュニティ』（彩流社）

索引

ページ数に付された記号（*）は、本文の註に登場することを表している。

◆人名・作品名

【ア行】

【カ行】

【サ行】

【タ行】

【マ行】

◆事項・用語

ノーベル平和賞（Nobel Peace Prize） 4, 20, 22.

【ハ行】
ハシド派（Hasidism） 235–237, 242.
パッシング（passing） 7, 140, 151–154, 216, 225.
ハヌカ（Hanukkah） 163.
反ユダヤ主義（anti-Semitism） 7, 8 ,72, 92–96, 99, 100, 154, 189–191, 194, 195, 197, 198, 216, 220–222, 226, 231, 243, 246, 260.
非米活動委員会（House Committee on Un-American Activities） 124, 150.
ファシズム（fascism） 93.
ブラック・ライブズ・マター（Black Lives Matter） 3, 139, 157, 185, 226, 257.
ベクデル・テスト（Bechdel Test） 249.
ポグロム（pogrom） 72, 74, 75, 96, 129, 193.
ポリティカル・コレクトネス（political correctness） 116, 154, 261.
ホロコースト（the Holocaust） 3–6, 9, 20–26, 31, 32, 36, 38, 44, 88*, 135, 179, 181, 186, 193, 203, 204, 216, 224, 225, 231, 260, 262.
ホワイト・ウォッシュ（whitewashing） 252.

【ヤ行】
ユダヤ教（Judaism） 5, 7, 9, 33, 57–59, 131, 163, 165, 182*, 186, 195, 199, 200–205, 216, 242, 243, 249–251, 253, 259.
ユダヤ性（Jewishness） 54, 57, 63, 92, 115, 129, 198, 213.

【ラ行】
ラビ（rabbi） 25, 117, 165, 179, 194, 201, 217, 219, 242–247, 249, 250.
リンカーン・ダグラス論争（Lincoln-Douglass Debates） 149.
ローワー・イースト・サイド（Lower East Side） 95, 248.

【ワ行】
ワスプ（WASP） 3, 5, 6, 48, 51, 53, 56, 69, 94, 95, 125, 129, 144, 154, 215, 252.

年)、『ユダヤの記憶と伝統』(彩流社、2019年)、『エスニシティと物語り――複眼的文学論』(金星堂、2019年)、『繋がりの詩学――近代アメリカの知的独立と〈知のコミュニティ〉の形成』(彩流社、2019年)、『アメリカ文学における幸福の追求とその行方』(金星堂、2018年)、『エコクリティシズムの波を越えて――人新世を生きる』(音羽書房鶴見書店、2017年)、『ユダヤ系文学に見る聖と俗』(彩流社、2017年)、『ホーソーンの文学的遺産――ロマンスと歴史の変貌』(開文社、2016年)、『身体と情動:アフェクトで読むアメリカン・ルネサンス』(彩流社、2016年)

伊達雅彦(だて まさひこ) 尚美学園大学教授 ＊編者
共編著書:『ジューイッシュ・コミュニティ――ユダヤ系文学の源泉と空間』(彩流社、2020年)、『ユダヤの記憶と伝統』(彩流社、2019年)、『ホロコースト表象の新しい潮流 ユダヤ系アメリカ文学と映画をめぐって』(彩流社、2018年)、『ユダヤ系文学に見る聖と俗』(彩流社、2017年)、『ホロコーストとユーモア精神』(彩流社、2016年)、『ユダヤ系文学と「結婚」』(彩流社、2015年)、『ユダヤ系文学に見る教育の光と影』(大阪教育図書、2014年)、『ゴーレムの表象 ユダヤ文学・アニメ・映像』(南雲堂、2013年)。**共著書**:『エスニシティと物語り――複眼的文学論』(金星堂、2019年)、『ソール・ベローともう一人の作家』(彩流社、2019年)、『彷徨える魂たちの行方――ソール・ベロー後期作品論集』(彩流社、2017年)、『衣装が語るアメリカ文学』(金星堂、2017年)、『アメリカ映画のイデオロギー――視覚と娯楽の政治学』(論創社、2016年)、『アイリッシュ・アメリカンの文化を読む』(水声社、2016年)、『映画で読み解く現代アメリカ オバマの時代』(明石書店、2015年)、『アメリカン・ロードの物語学』(金星堂、2015年)など。**共訳書**:『新イディッシュ語の喜び』(大阪教育図書、2013年)。

まで』（春風社、2011年）。**共著書**：『ジューイッシュ・コミュニティ――ユダヤ系文学の源泉と空間』（彩流社、2020年）。**論文**：「村上春樹とポール・オースターの「テクスト」を読む孤児たち――「個」を生きるための記憶と想像力」（『日本女子大学紀要文学部』第67号、2018年）、「カフカの遺産相続人として――ポール・オースターにおける主体の回帰」（『比較文学』第55号、2013年）、“Narrating the Other between Ethics and Violence: Friendship and Politics in Paul Auster's *The Locked Room* and *Leviathan*.” (*Studies in English Literature*, English Number 51, 2010)、“The Death of the Other: A Levinasian Reading of Paul Auster's *Moon Palace*.” (*Modern Fiction Studies* 54(1), 2008) など。

大森夕夏（おおもり ゆか）　城西国際大学准教授
共著書：『多次元のトピカ――英米の言語と文化』（金星堂、2022年）、『ホロコーストとユーモア精神』（彩流社、2016年）、『ユダヤ系文学と「結婚」』（彩流社、2015年）、『ヘンリー・ジェイムズ『悲劇の詩神』を読む』（彩流社、2012年）、『笑いとユーモアのユダヤ文学』（南雲堂、2012年）、『ユダヤ系文学の歴史と現在――女性作家、男性作家の視点から』（大阪教育図書、2009年）、『アメリカの旅の文学――ワンダーの世界を歩く』（昭和堂、2009年）など。**論文**：“Cynthia Ozick's Attempt toward ‘New Yiddish Literature’”（『城西国際大学紀要』第28巻第2号、2020年）、“Imagination for the Unspeakable: Figurative Representations in ‘The Shawl’”（『城西国際大学紀要』第27巻第2号、2019年）など。**共訳書**：『ユダヤ系文学に見る教育の光と影』（大阪教育図書、2014年）、『新イディッシュ語の喜び』（大阪教育図書、2013年）。

中村善雄（なかむら よしお）　京都女子大学准教授
共編著：『ヘンリー・ジェイムズ、いま――没後百年記念論集――』（英宝社、2016年）。**共著**：『多次元のトピカ――英米の言語と文化』（金星堂、2022年）、『回帰する英米文学』（大阪教育図書、2021年）、『ジューイッシュ・コミュニティ――ユダヤ系文学の源泉と空間』（彩流社、2020

（*Studies in American Jewish Literature* 第 27 号、2008 年）など。**共編訳書**：『新イディッシュ語の喜び』（大阪教育図書、2013 年）。

坂野明子（さかの あきこ） 専修大学名誉教授
著書：『フィリップ・ロス研究—ヤムルカと星条旗』（彩流社、2021 年）。**共編著**：『ホロコースト表象の新しい潮流』（彩流社、2018 年）、『ゴーレムの表象』（南雲堂、2013 年）。**共著**：『ユダヤ系文学と結婚』（彩流社、2015 年）、『笑いとユーモアのユダヤ文学』（南雲堂、2012 年）、『バード・イメージ：鳥のアメリカ文学』（金星堂、2010 年）、『文学的アメリカの闘い』（松柏社、2000 年）など。**論文**：「フィリップ・ロスの九十年代後半——歴史意識とユダヤ人意識の関係をめぐって」（『世界文学』第 104 号、2006 年）、「ポートノイとアメリカ」（『アメリカ文学』55 号、アメリカ文学会東京支部、1995 年）など。

杉澤伶維子（すぎさわ れいこ） 関西外国語大学教授
著書：『フィリップ・ロスとアメリカ——後期作品論』（彩流社、2018 年）。**共著書**：『歴史で読むアメリカ』（大阪教育図書、2022 年）、『ジューイッシュ・コミュニティ——ユダヤ系文学の源泉と空間』（彩流社、2020 年）、『ユダヤ系文学に見る聖と俗』（彩流社、2017 年）、『彷徨える魂たちの行方——ソール・ベロー後期作品論集』（彩流社、2017 年）、『ホロコーストとユーモア精神』（彩流社、2016 年）、『変容するアメリカの今』（大阪教育図書、2015 年）、『ユダヤ系文学と「結婚」』（彩流社、2015 年）、『災害の物語学』（世界思想社、2014 年）、『ユダヤ系文学に見る教育の光と影』（大阪教育図書、2014 年）、『英米文学を読み継ぐ——歴史・階級・ジェンダー・エスニシティの視点から』（開文社、2012 年）、『笑いとユーモアのユダヤ文学』（南雲堂、2012 年）など。**共編訳書**：『新イディッシュ語の喜び』（大阪教育図書、2013 年）。

内山加奈枝（うちやま かなえ） 日本女子大学教授
共編著書：『作品は「作者」を語る　アラビアン・ナイトから丸谷才一

年)、『希望の灯よいつまでも　退職・透析の日々を生きて』(大阪教育図書、2020年)、『青春の光と影　在日米軍基地の思い出』(大阪教育図書、2019年)、『楽しい透析　ユダヤ研究者が透析患者になったら』(大阪教育図書、2018年)、『文学で読むユダヤ人の歴史と職業』(彩流社、2015年)、『ホロコーストの影を生きて』(三交社、2009年)、『ユダヤ人の社会と文化』(大阪教育図書、2009年) など。

井上亜紗 (いのうえ あさ)　日本女子大学助教
共著書:『ソール・ベロー　都市空間と文学』(彩流社、2022年)、『ユダヤの記憶と伝統』(共著、彩流社、2019年)。**論文**:"Holocaust Memory and Exhibitionists in *Mr. Sammler's Planet*" (『日本女子大学英米文学研究』第56号、2021年)、"A Struggle for a Voice in Saul Bellow's *Dangling Man*" (『日本女子大学大学院文学研究科紀要』第25号、2019年)、"The Narrator as Therapist: Narrative Therapy in Saul Bellow's *Herzog*" (『日本女子大学大学院文学研究科紀要』第23号、2017年)、「Saul Bellow の *Humboldt's Gift* における他者について」(Veritas 37号、2016年) など。**口頭発表**:「『オーギー・マーチの冒険』をめぐるケアの倫理」(日本ユダヤ系作家研究会第35回講演会、2021年)、「『ラヴェルスタイン』とアメリカにおけるユダヤ性の問題――ケアを手がかりに」(多民族研究学会第36回全国大会、2021年) など。

鈴木久博 (すずき ひさひろ)　沼津工業高等専門学校教授
共著書:『ジューイッシュ・コミュニティ――ユダヤ系文学の源泉と空間』(彩流社、2020年)、『ユダヤの記憶と伝統』(彩流社、2019年)、『ユダヤ系文学に見る聖と俗』(彩流社、2017年)、『ホロコーストとユーモア精神』(彩流社、2016年)、『ユダヤ系文学と「結婚」』(彩流社、2015年)、『ユダヤ系文学に見る教育の光と影』(大阪教育図書、2014年)、『笑いとユーモアのユダヤ文学』(南雲堂、2012年)、『ユダヤ系文学の歴史と現在』(大阪教育図書、2009年)、『日米映像文学は戦争をどう見たか』(金星堂、2002年)。**論文**:"Bernard Malamud's Works and the Japanese Mentality"

執筆者紹介
(掲載順)

広瀬佳司(ひろせ よしじ) ノートルダム清心女子大学教授 ＊編者
著書:*Glimpses of a Unique Jewish Culture From a Japanese Perspective*(彩流社、2021年)、『増補新版 ユダヤ世界に魅せられて』(彩流社、2020年)、『増補版 ユダヤ世界に魅せられて』(彩流社、2019年)、*Yiddish Tradition and Innovation in Modern Jewish American Writers*(大阪教育図書、2011年)、*Shadows of Yiddish on Modern Jewish American Writers*(大阪教育図書、2005年)、*The Symbolic Meaning of Yiddish*(大阪教育図書、2000年)、『ユダヤ文学の巨匠たち』(関西書院、1993年)、『アウトサイダーを求めて』(旺史社、1991年)、『ジョージ・エリオットの悲劇的女性像』(千城、1989年)。**共編著書**:『ユダヤ系文学に見る聖と俗』(彩流社、2017年)、『ホロコーストとユーモア精神』(彩流社、2016年)、『ユダヤ系文学と「結婚」』(彩流社、2015年)、『ユダヤ系文学に見る教育の光と影』(大阪教育図書、2014年)、『笑いとユーモアのユダヤ文学』(南雲堂、2012年)、『越境・周縁・ディアスポラ——三つのアメリカ文学』(南雲堂フェニックス、2005年)、『ホロコーストとユダヤ系文学』(大阪教育図書、2000年)など。**訳書**:『ヴィリー』(大阪教育図書、2007年)、『わが父アイザック・B・シンガー』(旺史社、1999年)、共訳、監修『新イディッシュ語の喜び』(大阪教育図書、2013年)など。

佐川和茂(さがわ かずしげ) 青山学院大学名誉教授
著書:『歌ひとすじに 日本の歌、ユダヤの歌』(大阪教育図書、2022年)、『「シュレミール」の二十年 自己を掘り下げる試み』(大阪教育図書、2021年)、『文学で読むピーター・ドラッカー』(大阪教育図書、2021

現代《げんだい》アメリカ社会《しゃかい》のレイシズム――ユダヤ人《じん》と非《ひ》ユダヤ人《じん》の確執《かくしつ》・協力《きょうりょく》

2022年3月25日　初版第1刷発行　　定価はカバーに表示してあります。

編著者　広瀬佳司、伊達雅彦

発行者　河野和憲

発行所　株式会社　彩　流　社

〒101-0051　東京都千代田区神田神保町3–10　大行ビル6階
TEL 03-3234-5931　FAX 03-3234-5932
ウェブサイト　http://www.sairyusha.co.jp
E-mail　sairyusha@sairyusha.co.jp

印刷　モリモト印刷㈱
製本　㈱難波製本
装幀　大倉真一郎

ISBN 978-4-7791-2815-8 C0098

【彩流社の関連書籍】

ジューイッシュ・コミュニティ
——ユダヤ系文学の源泉と空間

広瀬佳司　伊達雅彦　編

ユダヤ系文学研究者九人が解き明かす、芸術作品に描かれるユダヤ人コミュニティの姿！　ユダヤ系アメリカ文学のみならず映像作品まで含め、決して一般化できない、多種多様なユダヤ人コミュニティの表象を切り出す、新視点の論集。

（四六判上製・税込二六四〇円）

ユダヤの記憶と伝統

広瀬佳司　伊達雅彦　編著

集合的な記憶によって形成される「ユダヤ人」としてのアイデンティティー……異境で執筆をした米ユダヤ系作家は、どのように民族の記憶、歴史をとらえ、継承しようとしているのか。文学作品や映画に描かれたユダヤ人の姿から探る。

（四六判上製・税込三三〇〇円）

【彩流社の関連書籍】

【増補新版】ユダヤ世界に魅せられて

広瀬佳司 著

二〇一九年四月増補版刊に続く増補新版。イディッシュ語を操るユダヤ系文学研究者による本当のユダヤ人の姿。増補：小辻節三を世界に「諸国民の中の正義の人」賞への挑戦・「いかにユダヤのユーモアを日本語に翻訳するか」。

（四六判上製・税込三三〇〇円）

文学で読む　ユダヤ人の歴史と職業

佐川和茂 著

ユダヤ人の商売・商法と、その背景にある歴史や文化、思想は、いかなる関係にあるのか。ユダヤ系文学なども援用し、ダイヤモンド産業から生涯学習に至るまで幅広く紹介。そこにある「ユダヤ性」を探る。

（四六判上製・税込二八六〇円）

【彩流社の関連書籍】

フィリップ・ロス研究
――ヤムルカと星条旗

坂野明子 著

現代アメリカ文学を代表する作家、フィリップ・ロス（一九三三―二〇一八）。ロス文学の根幹をなす「ユダヤ性」に注目。各時期の代表作を通して、ロス文学の特徴とその変化を追う。

（四六判上製・税込三五二〇円）

フィリップ・ロスとアメリカ
――後期作品論

杉澤伶維子 著

二〇一八年五月に逝去した、最も偉大な米作家の一人、フィリップ・ロス。市井の人の視点から鋭くアメリカと対峙し、深層を抉り豊かな物語を生み出した。ことに成熟度を増した後期作品群を中心に論じる、本邦初のロス研究書。

（四六判上製・税込三二〇〇円）